大方
sight

会议室与山丘

李敬泽 著

中信出版集团 · 北京

图书在版编目(CIP)数据

会议室与山丘 / 李敬泽著. --北京：中信出版社，2018.8

ISBN 978-7-5086-9028-5

Ⅰ. ①会… Ⅱ. ①李… Ⅲ. ①文艺评论—中国—当代—文集 Ⅳ. ①I206.7-53

中国版本图书馆 CIP 数据核字(2018)第 117841 号

会议室与山丘

著　　者：李敬泽
出版发行：中信出版集团股份有限公司
(北京市朝阳区惠新东街甲 4 号富盛大厦 2 座　邮编　100029)
(CITIC Publishing Group)
承 印 者：上海盛通时代印刷有限公司

开　　本：880mm×1230mm　1/32　印　张：9.125　字　数：181 千字
版　　次：2018 年 8 月第 1 版　印　次：2018 年 8 月第 1 次印刷
广告经营许可证：京朝工商广字第 8087 号
书　　号：ISBN 978-7-5086-9028-5
定　　价：49.00 元

目 录

序

四年前，出一本书，名叫《致理想读者》。所收的是有关文学的文字和言谈。然后接着谈、接着写，晓行夜宿，雪落桃花开，四年来又零零碎碎攒下一本书，起个名字是“办公室与山丘”。

本来是想叫《知难集》的。语出《文心雕龙 · 知音》：“音实难知，知实难逢，逢其知音，千载其一乎！”章学诚《知难篇》申说此义：“知其名者，天下比比矣，知其言者，千不得百焉；知其言者，天下寥寥矣，知其所以为言者，百不得一焉。然而天下皆曰我知言，我知所以为言矣，此知之难也。”

刘勰、章学诚，千载同慨，说的是，知言难，知心更难，知言知心而又知人与人世者，又比更难还难。

这说的都是批评之难。或者说，做一个理想读者之难。从刘到章，反复申说一个“难”字，是在反复提醒我——我们这些以评论家或批评家自命的人——毋妄、毋欺，审慎、精进。成为他人之知音，成为天下之知音，这是何其难的事，难到近乎不可能，批评生涯就是在不可能中修行，求一线可能。

年来饶舌，在很多场合说到，我已是一个“前批评家”。这其中就有“知难”之意。是自知，作为一个批评家，我其实所知少、所见浅。我当然不至于写不出小说就宣布小说死亡，写不好批评就宣布批评无意义。批评意义重大，已经有很多锐气方张、身强力壮的才俊投入其中，驽钝如我，确实做不好，就该知难而退。所以，我真正想要的名字是“而退集”，我喜欢其中的一份诚实。

但最终，《而退集》也未用，编辑担心，这老气横秋的一“退”就退得没人读了。没人读我其实也不太在意，但又有明白人说：声称“而退”，结果还写了这么一大本子，这不是作法不自毙说话不算话吗？想想此话有理，所谓求诚而得不老实，遂放弃。

现在的书名是《会议室与山丘》。“会议室”好理解，无论在写实和隐喻的意义上，作为一个批评家，他的思想、言谈和文字都是在一个个真实和想象的会议室里展开的。他一直在参与讨论、与人对话。没有什么独语的批评家，没有什么作为自足的个人的批评家，他自身就是一个会议室，他永远敞开，永远在倾听、说服或者争辩。

然后呢，什么是“山丘”？那不过是李宗盛的那首老歌：

也许我们从未成熟
还没能晓得　就快要老了
尽管心里活着的还是那个年轻人
因为不安而频频回首

无知地索求　羞耻于求救

不知疲倦地翻越　每一个山丘

越过山丘　虽然已白了头

……

越过山丘　才发现无人等候

那一日，在车里听着这歌，忽然苍凉欣喜，不可断绝。当然我尚未白头，估计因为遗传也白不了头，当然我也不很在乎是否有人等候，除了无人等候你还等候什么？我只是觉得，生命中竟然是山丘连绵，永无尽头……

感谢我的读者。感谢我谈论到的那些作家。感谢书中的各位对话者。你们构成了我所在的会议室或论坛，我之所说也许是浅陋的，但从你们的声音里我获益良多。

李敬泽

2018 年 6 月 2 日凌晨

第一辑

“伟大的中国小说”及其他

——答杨辉

自“五四”（或晚清）以来，西学资源在极为广泛的意义上参与了中国文学与文化的建构，并构成了文学批评及文学创作潜在的“成规”，规约着作家及批评家的审美趣味和价值偏好。这在促进了中国文学的现代性进程的同时，其弊端也日渐显露。如何在全球化的语境下重建民族文化精神，接续已然“断裂”的文学与文化传统，成为理论家及批评家思考的重要问题。请问您如何看待这一问题?

事到如今，我们在自己身上都已经没有办法清晰地区分出“中”和“西”。比如像现在这样谈论问题的方式：在全球化语境下重建民族文化精神，接续已然“断裂”的传统——可以说是无一字不“西”。

我的确谈过重新认识和勘探中国传统的小说资源的问题，也谈过希伯来的“灵魂”与“中国之心”的对比。但是，我现在觉得，“断裂”和“接续”这样的词很容易把人带到沟里去。“传统”本身就是个现代词，预设一种现代态度。我反正没见过古人把“传统”挂在嘴边上，古人讲“统”就是讲“道统”，但那个“统”恐怕已经彻底断掉了，它现在大概只能在书斋里推演运行。现代意义上的传统是一个活的过程，是认识、想象、发现和阐释，是一种自证。新文学运动以前，小说、戏曲、小品文等等皆不入流，胡适、鲁迅、周作人他们在建构现代文学的同时，也建构了传统，然后才有了四部古典，才有了唐诗、宋词、元曲、明清小说这个谱系，这是那一代人建构出来的，所以，当我们道听途说地指责“五四”割断传统时，我们所说的文学传统其实是“五四”的遗产。古代只有一个“统”，而且统就是归于一，一生二二生三三生万物，你是被“统”的。“传统”是现代的，你不是被统的，传统传统，不传不统，传什么怎么传取决于你，这是一种现代态度。在这个意义上，也可以说我们从没有失去传统，我们失去的是“统”。当然失去“统”问题也很大，现代以来百年颠簸，就是为了重新解决“统”于“一”的问题，这也是一个巨大的现代性疑难，但这和文学上的传统还不是一个问题。

您认为现有的批评话语“范式”有待转变，需要在吸纳西方批评资源的基础上重启中国传统文论的理论价值，您觉得在这个过程中应该注意什么？

这不是我认为的，是多年来很多人都谈到的，只是谈论甚多、进展甚少。很多事是说起来很爽，做起来茫然，不知从何下手，其实也没打算真的下手。传统文论中主要的一块是诗文评，假如你用这个来阐释现在的作品，你一定会发现，它的解释力是有限的，很难应对复杂的现代经验。重启传统文论的理论价值，我想主要是把传统文论作为对话对象，作为反思和批判的参照，比如读金圣叹的批点，不是为了成为现代金圣叹，那很荒谬，但是你会发现，他的眼光、他的重点和现在有很大不同。有意思的是，有时这种不同是头脑的、理论的，而不是身体的、感觉的，批评家们按现代以来建构的一套批评话语去思考和写论文，但是，读者，甚至包括我们自己，其实不按这个读，还是按金圣叹的读，也就是说，金圣叹常常比我们更及物、更贴心。我有时觉得，他也许比我更接近中国人对小说的内在期望，他指出的正好是中国人五百年前关注的和五百年后依然感兴趣的。这个差别就构成了一种颇具理论价值的空间，这里边有我们的批评范式漏掉的那些东西，那些对中国人来说是恒常默运、家常日用，因而不言自明的东西。在这个意义上，他不是过时了，而是在我们的批评范式之外，他照亮的地方正是我们灯下黑的地方。

作为 90 年代以来文学现象的见证者和阐释者，相较于 80 年代的文学批评，您觉得 90 年代以来的文学批评有何优势？是否存在着一定的局限？

诸如此类的问题我不太想。优势肯定有，局限也肯定有。我只是不太愿意拿它和 80 年代相比，这种比较很可能被我们关于特定年代的幻觉、偏见和利益所支配。

有学者援引鲍曼的“立法者”和“阐释者”的说法，指出在十七年文学及“文革”文学中，批评家大多是以“立法者”的姿态，依据一定的标准（政治的或艺术的）对文学作品的价值做出评判。而80年代之后，批评家逐渐成为文学现象的“阐释者”，缺乏为文学立法的能力，并将此视为批评滞后于创作的重要原因所在。您如何看待这一说法？

这种说法真能把鲍曼先生气死。这里所说的“立法者”并不是领先创作，而是规训创作，这些学者真的不知道这种规训不是能力问题而是权力问题吗？这种滞后、领先的说法是词语的误用，创作和批评真的是在赛跑吗？它们是在一个跑道上吗？批评对创作的引领是一个极为复杂的过程。阐释本身就是重要的，如果阐释不重要，那么孔子也不重要了。社会和公众对文学的理解是在阐释过程中形成的，这种理解又会反过来影响作家。必须看到，批评在这个时代的境遇相比于十七年、“文革”，乃至80年代都要复杂得多，在60年代做一个批评家和在2013年做一个批评家简直是火星与地球之别，简单的比较又有什么意义？

您的批评思维、批评模式，被认为“是自觉地习得了中国古代诗文评的方法，特别是‘入乎其内’‘出乎其外’的精神。”您同意这种说法吗？如同意，选择这样一种批评方式是出自个人心性，还是有别的考虑？

“入乎其内”“出乎其外”，这大概是中外批评的共同精神。我们现在的问题是出乎其外的本事很大，入乎其内的能力很小。最近看了一批论文，感觉有些批评家，受过很好的学术训练，材料功夫了得，理论素养也好，但就是“明于礼义而陋于知人心”，他只看得到合于他的理论框架的景象，他很信他的理论，也就很信他的材料，但看这些论文，我常常感叹，他不知道，天下最应该怀疑的可能就是他那堆材料。理论之洞见是在光滑无疵的地方看出裂隙、矛盾、不协调，否则就是理论打滑，永远出乎其外，真实的世界也就永远出乎意料。文学批评是如此，其他学问也是如此，读有些文章，你能闻到入乎其内的气息，一看就是老狐狸，对真实的世界是如何运行的有一种直觉的和经验的把握。对文学批评来说，不知世道、不贴人心，无论如何都是致命的问题。

对我来说，入乎其内，出乎其外，这是虽不能至，心向往之。其实呢，我自己很少想这个问题。一定要反躬自问，我倒觉得我可能更近乎作家批评——也就是我和作家是站在一边的，倒不是帮着他说好话，而是，有点近似于脂砚斋，更多地贴着作家的、创作的角度去想问题，我没有那么多理论要用，不用就对不起我十年青灯黄卷，我觉得，作家的创作中包含着一些比理论更强大更辽阔的东西。

在为施战军《碎时光》所作的序言中，您写道：“战军当然批评人，但他的批评通常是文雅的，这种文雅与其说是对批评对象的尊重，不如说是出于一种审慎的认识论立场：战军相信并欣赏世界的复杂性。”“他清明地意识到他话的边界在哪儿，意识到他的话是对世界无可奈何的简化，意识到在他的话之外还有很多话，而他的话不太可能正好就是独一的真理。"这也是很久以来困扰我的一个问题：如果认可并尊重这个世界和写作的复杂和多元，如何避免批评的"价值相对主义"？

价值绝对主义并不是把自己变成花岗岩脑袋，价值相对主义也不是变成一个无原则的滑头，更不是失去善之所善、恶之所恶的勇气。在这里，我的着重点是，在任何情况下，保持向着新鲜活跃的人类经验开放的能力，不要成为一个浅薄固执的陋儒，这个物种我们自古不缺，于今也不缺，他们抓住一点死理，就以为拿到了万事万物的尺子，一路比量过去，轻易而坚决地下判断。李国文先生曾说过，有些搞文学的人本来应该当会计。这个话我鹦鹉学舌，反复借用。本该当会计的搞了文学，当会计的却像小说家或诗人，这是文学的不幸也是财会业的不幸。古人说，上善若水，这话说得真好，为什么是若水而不是若石头若火腿？因为水有随物赋形的能力，水不执。善是艰难的，真正的善——善到了耶稣、佛陀，他们就是大水，包容、怜悯、承受然后涤净一切垢。你说这是绝对还是相对？

您觉得"新媒体时代"的来临，给文学批评带来了什么样的影响？

新媒体和自媒体，使得权威和文化权力面临极大的挑战。在这个时代，一个人做你刚才所说的“立法者”几乎就是痴人说梦。文化的权力和其他权力一样，相当程度上取决于你能不能有效地垄断信息和在多大程度上垄断信息，这件事我知道你不知道，这件事我的知识比你多一些。但是现在，当自媒体降低发言的门槛，当网上社区把特定兴趣的人群集结在一起，你会发现，你常常真的不是、也不可能是知道得最多的那个人，个人的文化权威或许会被一种细分的、知识与喜好的社群所取代，这些社群的选择常常会更有力地影响更大范围内的公众风尚。

我们所理解的那种文学批评，现在主要还是依托于报纸、杂志等传统媒体，但如果这个行当还有未来的话，如果它不是完全退缩回学院，而依然能够成为公众文化生活中一种在场的力量，那么一定要思考和探索如何在新媒体条件下生存。这两天在刊物看了一个上海年轻人的批评文章，此人叫张定浩，才华横溢。甫跃辉告诉我，他其实在豆瓣上已经很活跃。我想，这样一些经过新媒体锤炼的批评家会把批评带进你所说的“新媒体时代”。

有论者认为，如果与同时期西方文学做横向比较，新世纪中国文学已经走在了世界文学的前列。您是否认同这一说法？

我没想过这个“前列”问题。文学不是工业，很难有一个可信的衡量指标。不过有一点我倒是觉得很有意思。前一段来了一群德语作家，其中有一个是瑞士的，他说他主要写传奇性的故事，通常发生在菲律宾、泰国之类的小岛上。现场就有人问：为什么你的写作不以瑞士为背景呢？我当时就想，他当然不能以瑞士为背景，因为那些传奇故事发生在瑞士就没人信了。西方文学，特别是老欧洲的文学面临的就是这个问题：西线无战事，这里的生活没故事。我现在很怕读这些小说，真是“一个馒头的血案”啊，写来写去，常常根子就是童年时的一点小破事、小伤害。反过来看中国，作家们不是没得可写，而是天天哀叹生活比虚构更精彩，简直不知从何下手。在我们这里，历史远未终结，生活正如一往无前的洪流，如果写不出世界一流的小说，那真是不要抱怨社会，只能怪我们自己。

德国汉学家顾彬对中国当代文学的批评近年来在学界引发了极大的争议，您如何评价顾彬的说法？

顾彬先生就很适合做会计。所以我把这个争论看成会计界的争论，并没有特别注意。

作家哈金在 2005 年发表了题为《呼唤“伟大的中国小说”》的文章，他对“伟大的中国小说”做了如下定义：“一部关于中国人经验的长篇小说，其中对人物和生活的描述如此深刻、丰富、真切并富有同情心，使得每一个有感情、有文化的中国人都能在故事中找到认同感。”哈金的定义包含着两个要点，一是“中国经验”（这个中国经验有可能并不是指以西方社会状况为参照的“中国的经验”）；二是“认同感”，这里所说的认同感很大程度上可能是指文化认同，也就是说，是由本土文化所开显出的精神的空间。您觉得哈金的说法对我们创造“中国式小说”有无启发？

为什么“中国小说”会成为一个问题？什么样的问题意识使哈金的这个说法被很多人关注？一个中国人写的小说难道会成为“美国小说”吗？这原本是近于不言自明的问题。但现在确实成了问题，包括哈金先生本人，他的小说可能就是“美国小说”。有些小说家的作品不仅是按美国小说被阐释，而且大概也是按照如此这般的阐释方向去创作的。有一点大家很少谈到，现在的作家与 80 年代、“十七年”乃至现代的作家有一个很大的差异，就是，一百年来，这是第一批在他们活着的时候，就实实在在地面对着国际市场和国际读者的作家。这还不仅是说中国作家在外面卖了多少书、挣了多少钱，而是，你可能一本书还没卖出去，但你的预设读者已经不止是中国人，也包括外国人，甚至对有的人来说主要是外国人。不管你自觉还是不自觉，写作都在某种程度上经受着跨文化的阅读和理解，也同时参与着复杂的国际文化政治博弈。所以，“中国小说”才成了问题，“认同”才构成了极具争议性的空间，比如有的人，只要外国人一骂中国文学他就兴高采烈，跟中了彩似的；另外有的人只要外国人一说好不问青红皂白就要回头狠打中国作家的屁股，这都是很拧巴的心态。我觉得，中国小说肯定不应该是不给外国人看或外国人看了就不理解不喜欢的小说，这有时表述得很自尊，但骨子里是文化上的自轻自贱、缺乏自信，怎么我们看了那么多法国小说、俄国小说，就没信心让法国人、俄国人看我们的小说？一个小说家没有信心面对人类说话？但另一方面，如果一个作家把他寻求认可的对象完全放到国外去，那当然也是致命的问题，这会从根本上决定你写什么和怎么写。总之，这不是个简单的艺术问题、文化问题，中国作家身处全球化文化政治中，面临前所未有的复杂处境，我们需要在这种复杂性中领会和探索“中国小说”。

如何在作品中切近当下的社会生活，是近年来批评界着力探讨的重要问题，您觉得当下生活进入文学世界的“难度”究竟在哪里？是什么原因限制了作家理解和把握生活本质的深度和广度？

当我们考虑如何在作品中切近当下的社会生活这类问题时，我们常常忘了这里边还有一个基本前提，那就是，你这个“作品”不是新闻，也不是政论，而是“文学”。文学面对世界有它独有的认识途径和表现方式，它也能够提供其他文本比如新闻和政论所不能提供的东西，一种文学意义上的、审美意义上的“真实”和“真理”。如果在这个前提上想不清楚，如果文学家们天天都在焦虑如何与网络、微博和报纸在同一条跑道上赛跑，那么我想我们注定会一直被失败感折磨着，直到对文学、对写作的信心丧失殆尽。很多作家都在慨叹：生活大于想象，网络上的新闻远远超过作家的虚构能力。这种慨叹显然就是忽略了刚才所说的那个前提。你是个小说家，难道你真的认为，除了每天微博上告诉你的关于世界的一切之外你再也无话可说了吗？如果真的那样，那你不如改行算了，小说至少是在你身上死亡了。我坚信，网上、微博上那些把我们的作家忽悠得六神无主的信息绝不是这个世界的全部，依然有很多很多东西留在沉默的区域，等待着作家去写它。我甚至认为，那些让我们如此惊慌惶恐的东西可能恰恰是幻觉，它本身就应该是审视和观照的对象。

进入新世纪以来，乡村小说（乡土小说）由废名、沈从文以来的诗性写作传统已日渐式微，呈现在文学作品中的，大多是日渐崩溃的乡村世界和生活在乡村的“无望”的人们，他们或固守乡土，或选择逃离。您认为，这一传统在新世纪有无“回归”的可能？

　　这个传统也不是那么简单。沈从文也是明确地意识到有些东西必将消失，他的“诗意”也正是由此而来。如果我们老是在这个传统脉络里打转，恐怕转不出什么结果来。刚才你谈到理解和把握生活的深度和广度，这两个“度”从哪里来？恐怕需要眼光和范式的某种根本性调整。两三亿的农业人口正在和将要转化为城市人口，这是人类历史上规模空前的巨大的社会变革，它推动和裹挟着极为复杂极为独特的人类经验，在这个过程中，一个观察者站到一个简单的立场上去是容易的，但也是无效的。发一点浪漫主义幽情，下一些简单的道德或审美判断，这何其容易又何其轻浮。这个过程不仅是冷漠的“历史”意志，也不仅是政府的顶层决定，而是亿万人、浩大的人群怀着复杂的动机在梦想和行动。这里所包含的人类生活内容和人性内容已经远远溢出了我们那点可怜的“传统”，“回归”不“回归”有什么要紧吗？

您在《〈红楼梦〉影响纵横谈》一文中从文体特征、虚实叙事手法、悲感与冲突等方面论说了《红楼梦》作为“中国小说”的典范意义，同时指出，《红楼梦》的传统与中国现代以降的小说写作之间存在着裂隙。这里是否暗含着您对“伟大的中国小说”的理解？您觉得对当代小说家而言，接续《红楼梦》传统的意义和困难在哪里？

传统的中国小说中，确实有一些至关重要的因素，放在世界文学的参照系中是非常独特的。刚才讲到，五四时对这些小说做了一次经典化，把它们从边缘一下子抬到了“正典”位置，但是另一方面，这种经典化是以建设白话文学、现代文学为方向的，是对它们做了一次现代性收编，比如《红楼梦》，很长的时间里是按19世纪欧洲现实主义的逻辑、西方小说的逻辑去解读。也就是说，这种经典化实际上是把它“化”没了，是以遮蔽和消弭中国小说的特点为代价的。所以，就有这个裂隙：我们把《红楼梦》抬得很高，但我们其实没有从《红楼梦》学到什么。这不仅是一个文学观念问题,《红楼梦》也好、《金瓶梅》也好,它们都是在现代性意义上的“历史”不在场的情况下写的小说,所以,它们的整体的看世界看人生的眼光和我们现代以来的观念有很大的不同。我觉得这里边值得深思的是,中国人,时至今日,真的离《金》《红》很远了吗?我最近读《金瓶梅》,常常觉得那就是眼前事,而且我们的内在态度、生命感也并没有多大改变。这些东西,在我们现代以来的观念中是没有位置的,但观念上没有不等于它就真的没有,它一直就在的,在每一个人身上,它是一个被现代性话语屏蔽的区域。所以,要害不在我们是不是要学《红楼梦》,要害在于,我们的话语是不是很闹腾地走得太远以至于把身和心留在一个幽暗无声的地方?古典小说在这个问题上可以成为一个有力的参照。

贾平凹被认为是当代文坛为数不多的“以中国人的头脑(思维)写中国人”(穆涛语)的作家。在《庄之蝶论》中,您写道:“当我说贾平凹有志于《红楼》,并且为此重建语境时,当我说贾平凹的‘恒常’是一个文化和意义空间时,我所指的正是此等处: 他复活了中国传统中一系列基本的人生情景、基本的情感模式,复活了传统中人感受世界与人生的眼光和修辞。”“这一切是构成传统中国生活世界的基本的精神框架,这即是中国之心,其实一直都在,但现代以来被历史和生活抑制着,被现代性的文化过程排抑于‘人’的文学之外。”这是否意味着我们现有的文学批评话语无法完成对他的作品的阐释?他的这种写作路向,是否最为接近“伟大

的中国小说”的理论构想?

对一部足够好的小说而言，任何一种阐释都不能说是“完成”了阐释，“伟大的中国小说”也谈不上什么理论构想。老贾自《废都》到现在的创作是非常有意思的，他打开了刚才所说的某些区域，这些区域是我们的身心所在但话语不在，是沉默的。这确实是新世纪中国小说的一个隐蔽的方向，除了贾平凹，像刘震云的写作，还有今年的《繁花》，从中你都能看出向着这个方向的努力。

2014 年 1 月 13 日晚

知命问答

——为《精英》杂志答曹飞跃

中国几个知名的文学奖项，你都有担任评委。在你看来，纯粹的文学奖是否存在？这些年在文学奖评判的过程中，有什么因素影响着评委的眼光和标准？

当你谈到“纯粹”时，你的眼里有理想的光芒。好吧，我愿意想象这个世界纯粹地运行，但为了达到纯粹，我得变成纳粹才行。我想，我们还是承认世界不完美，然后努力做事去改善它。

至于说什么因素影响评委，我真的说不出来。每个评委都是不同的，每个不同的评委会会得出不同的结果。评委会如果是民主的，那么我们就一定要知道，在文学艺术上，民主不是抵达完美的好途径，民主可能更容易抵达平庸，因为大家要寻求共识，结果一定要妥协，要少数服从多数。可是在文学艺术上，多数的意义是什么呢？你要寻求简单多数，何必依靠评奖，直接看销量看票房不就行了？

外界称呼你为“青年作家教父”“新生代文学教父”，对此你怎么看？你是如何挖掘一个好苗子的?

我做了二十七年编辑，做批评也很多年了，我一直告诫自己，千万不要、永远不要把那些作家的成长归功于自己。我认为最不体面的事就是弄一个小账本，记住我曾经帮过谁、谁应该感谢我。我不是因为和他有交情才帮他，他也不必感谢我。又不是黑社会，哪有什么“教父”！从根本上说，这只是我的工作，我不会把它弄得那么煽情。当然，无论作为编辑还是作为批评家，我都对发现真正的才华感到兴奋和庆幸，我会尽我的全力为他说话。但很多时候，我根本不认识他，这一切不是为了他，是为了我自己，我觉得在做一件有意思的或者有意义的事。

听说你喜欢喝酒，一般和什么样的人喝酒喝得最投机?说说最让你难忘的一次酒局吧。

不是喜欢喝酒，而是，一度酒名比较大。盛名之下，其实难副。我在家顶多是冬天晚饭时喝个一两，平时想不起来喝酒的，所以也没什么酒友。

你觉得如今的文化人，和几十年前甚至上百年前的文化人，最大的差异在哪里?

我从来就厌烦那种文学青年式的历史浪漫主义，天天哀叹今天的文人不如民国、不如清朝。清朝的文人有什么好？他们的风雅甚至风骨是建立在千千万万人的非人生活之上的，你到江南那些园子看看，园子很美，但一个文人，当了个局处级干部就敢修那么大园子，在当时的一般生活状况中，这是现在难以想象的狂妄。

微信上还流行为地主乡绅鸣冤——乡绅的消亡确实是中国文化和中国社会结构的根本大变，由此造成的问题至今也没有解决。但这不是为地主乡绅鸣冤叫屈的理由，历史不是没有给他们机会，晚清给了他们很大的机会，但你只要和明治维新的武士阶层比一下就知道，中国的乡绅地主挥霍掉了他们的机会。尽管我的祖父也是地主乡绅，但我还是认为，从整体上，他们不配得到更好的历史命运，他们是自己把自己葬送掉的，顺便还给中国留下了长久的结构性内伤。

所以，文人和知识分子的今昔对比，如果是审美意义上、个体人格意义上倒也罢了，如果是在严肃的历史观上去谈，那完全是两回事，我们现在是把历史审美化了。我看，现在有意义的，不是津津有味地慨叹种种差异，而是反过来，看看我们和晚清和民国的文化人在哪些地方是相近的、哪些毛病没有改。

目前市面上的作家，你认为有谁是你非常欣赏，但还没有得到读者的公正对待的？

我有一次看近些年来当代文学硕士、博士论文选题的目录，发现学院里着力研究的当代作家就是那么几个。不是说那几个作家不好，都很重要，但是，就学术界而言，确实有一个眼界、见识问题。比如张承志，我认为是非常重要、很复杂的作家，他对我们提出的问题极具挑战性。但是，很少有人回应他、研究他。比如80年代的张贤亮，现在重读依然是有力量的，但也近乎被遗忘了。我们的文学其实是丰富的，但我们缺乏领会和认识这种丰富性的自觉和能力。

刚才说的是张承志、张贤亮，都是庞然大物，现在的作家，写得好但大家注意不够的就更多，比如小说家里，我喜欢上海的小白，我如果改行做一个小说家，就想做小白那样的，不知道他算不算得到了公正对待？

接下来有什么文学方面的计划吗？生活上的呢？比如旅行什么的。

写作上倒是有些计划，但我也不敢保证完成，还是不说为好。以后当代文学的评论应该会越来越少，至少这是我的愿望。旅行？现在出国的机会很少了，出差也是下了飞机直接去办事开会，然后掉头回去。好在我对游山玩水也没多大兴趣，很怕去看那些景点，能在酒店里一个人安静呆一天就谢天谢地了，看看闲书，如果在海边，就独自去游泳。

你近来在练书法？喜欢哪位书画大家？有固定练习时间吗？书法也是用来修身养性？

哈哈，朋友一见就要问：练得怎样了？求字求字！写字对我来说近于隐私，羞于示人。在练隶书，和我原来的字比较合。最伟大的隶书是《礼器碑》，有段时间临《礼器》，结果每次写两行就累趴下了。《礼器》就是高山，森严壁立、茫茫苍苍，你顶着石头向上爬，时刻知道自己的力气不济，所以废然而止。现在练《曹全》，《曹全》可爱多了，小家碧玉。但我觉得，有朝一日能临下《礼器》，那才是到了境界。前些天荆歌在微信上说了句：隶书易俗。他说得很对，练到《礼器》方为不俗。

晚上有时间就写一会儿。也没想着修身养性，修身不如暴走、练平板，养性我看也养不成，如今写字就是一大俗，很多人提起笔来就红尘滚滚想着怎么吆喝卖钱。笔墨之趣，好玩而已。

据你的朋友说，你是个非常注意生活细节的人，穿衣打扮都还比较潮，特别喜欢系围巾作为搭配，你平时是什么样的穿衣风格？

我的围巾广受嘲讽，我也确实是“围巾控”，脖子上没有围巾就总觉得缺点什么，现在天这么热也只好罢了。一个人出门见人，总要像点样子吧。其实也不仅是嘚瑟臭美，也是一个“敬”字。这个

“敬”，是对自己、对人世、对事情都有一份敬重，现在谈传统很少谈到，据我看其实是传统的精髓所在。我们这个时代，所多的、所重的都是“敬”的反面，是不敬、粗率、轻浮、潦草等等。我是个文人，过去的文人，他们的“不敬”是有“敬”做底子，而现在，我们本就没这个底子，很容易就只剩下粗糙浮浪了。

——话扯远了，本来是说衣服，我的衣服都是自己买，平时在北京难得有闲心去逛街，出差到了上海广州乃至小县城，有时间都要逛。我逛街是摩羯座，一定要一家店一家店仔细逛过去，漏过一家就心有不安，所以宁可一个人逛，免得把别人搞崩溃。

在你看来，文字或者文学，真的能安顿自己的心灵吗？

这要看你怎么理解“安顿”。有时当人们谈论文学，你会觉得它不是在谈文学，而是在谈宗教。但如果你把文学当成宗教，那么你注定会拧巴和失望。我看电视上的《非诚勿扰》，发现一个有趣的现象，如果上来一个男嘉宾，声称热爱文学，那么十有八九最后要被灭灯，一个人上来一个人下去。也不是女士们对文学有什么偏见，这些人确实有毛病，我是老丈人我也不会选他。热爱文学没有使他的情商更高，反而使他的情商降到了常人水平以下。

文学无法让你超越，文学也不是让你与世界注定为敌，更不是让你觉得世人皆醉我独醒，全球只有你高明，并因此对人世满怀愤怒。

如果一定要用一个词说明文学对我个人意味着什么，我宁可选择“自由”，想象和感受的自由。这种自由是宗教、哲学和其他一切知识不能给我的。当然有人搞了半天文学把自己搞成乏味透顶的花岗岩脑袋，那我只能说他的文学和我的不是一种文学。至于有了这种自由是否能安顿心灵，那也取决于你怎么理解安顿，花岗岩也是安顿，而我真的不太在意是否安顿，人生何其短，安顿了等死吗？

你认为自己是一个怎样的人？有中年危机吗？最大的危机感来自哪里？

应该危机一下是吧？不过确实没有。生日那一天喝了几杯小酒，看着书柜里多年存下的几十瓶酒，忽然想到得抓紧喝，要不然哪一天医生不让喝了，就不知便宜了哪个王八蛋。这是个大危机。

我是怎样的人？摩羯座啊，据说，上升星座是射手，金星和土星在水瓶相遇。人家告诉我，我是典型的摩羯座，我想我至少是个认真的人，自己也知道是偏执，一件事在手上，一定要从头盯到脚，最恨失控、最恨粗枝大叶、大而化之。最看不上的是不认真、凑合。我不是球迷，但每次世界杯都坚决支持德国队，最近正打听哪能买到德国队的衬衫——深蓝色的那种，HUGO BOSS 的。我当《人民文学》主编的时候，每期稿子一定要从头一个字看到最后一个字，改得满篇花。我倒不觉得累，精确、完美，乐在其中。但我确实常常比较同情跟着我工作的人，他们不幸碰上这么一个吹毛求疵的疯子，经常忍受挑剔和奚落。

当然我知道我还是个傲慢的人——很多人都这么说，但我真是觉得冤啊，我这个人既不愤世也不嫉俗，从无傲人之心，从不觉得自己有什么了不起，怎么就给大家这么个印象？有时照照镜子，觉得可能是这个脸比较冷感，不亲和，让人觉得气盛。过去是年轻气盛，现在中年了，自己也希望别再气盛，慈祥一点，平和一些，前两年出了本集子名字就叫《平心》。

你是幕天讲坛发起人，您如何看待乡村中学和乡村教育的情况？在讲坛上，你会想和孩子们分享什么？

非常惭愧的是，我至今也还没有尽义务。当初组织者一说，我是很积极的。忙忙碌碌，要紧的事倒荒芜了。它的意义是不用多说的，但老实说，我想的主要不是我能给人家什么，而是，我自己会从中得到很多。现在的知识分子，包括我，生活在大城市，天天高谈阔论，我常常怀疑我们其实是没有现实感的，我们不知道中国人、无数中国人是怎样生活的，他们在想什么。所以，我不是想去教育人家，我想去受教育。我真的想不清我能给孩子们说什么。告诉孩子们，外面的世界很精彩，走吧走吧，意义在远方？或者反过来，告诉他们，意义就在这里？我真的很困惑。

五十知天命。你今年正好五十周岁。都说天命之年，就是到了不再逆天而行，要一心一意做自己该做的事情的年纪。你觉得自己现在的状态是这样吗？对于人生的价值、生命的意义有没有什么新的体会？

孔子说五十知天命，那是春秋时代，那时平均寿命大概超不过三十，你都活到五十高寿了，还没有活明白？现在五十离知天命还远着呢。就我来说，我没觉得自己曾经逆天而行，我想我至少是个随遇而安的人，并没有很执着地去选择什么，去成为什么。当年在大学，全班都是文青，只有我不是，连一首诗也没写过。结果呢，三十年后相遇，还搞文学的，我们班也就剩下我了。不是因为别的，就因为，毕业分配时给了两个去向，一是作协，一是军队，在军队不能睡懒觉是个大问题，于是去了作协搞了文学，去了就从没想过改变。我想如果当初让我当会计，我也会好好干的。所以现在，人到中年，依然是随遇而安，行当行止当止，随便着，同时把手上的事做好。

至于生命的终极意义等等，我不太深想。孔子说，未知生，安知死。我并不怕老，有一年在伦敦，有时会在街上看见一位老先生，很老了，快走不动了，但穿着笔挺的西装，别着一朵鲜花，就那样从街上走过。我看到他们，总是无端地觉得好，就这么洁净、体面、从容地老去。

2014 年

世界、传统与工作伦理

——答张英

您的新书名为《致理想读者》，在互联网时代，您心目中的理想读者标准有哪些变化?

我很后悔起这么一个书名。以前当编辑,常给别人起书名,有时很是得意，觉得是神来之笔。但给自己起书名，就从来没好过。这个书名也是山穷水尽凑合出来的。书出版时，正好赶上世界读书日，于是这些天老被人追着逼问：你说什么是理想读者？你是不是理想读者？等等等等。

“理想读者”这个说法不是我的发明，关于什么是理想读者，我也说不清楚。托尔斯泰在《安娜·卡列尼娜》的开头写道：“幸福的家庭都是相似的，不幸的家庭各有各的不同。”借用这句话，我觉得不理想的读者都是相似的，理想读者其实各有各的不同。不理想的读者压根儿就不读书——我这里指的是文学书——如果有的人突发奇想一定要读，或者竟然读了、竟然还有高见要发表，这时你就忍不住想劝他别再读了，你还是读励志书或者教科书更合适。

但理想读者是有的，纸媒时代有，互联网时代也有。你拿着刀一定要我描述一下他是什么样的，那么我愿意把他想象为对他人和自我、对生命的可能和不可能怀有专注的好奇心，同时又有敏锐的感受和思考能力的读者。

时代变了，某些阅读习惯也变了。纸媒时代，读书人会在书上加圈画线做批注，有的还有一个小本子，摘要摘抄，写写读后感什么的。现在 KINDLE 上也有这些功能，不知你用不用，反正我不太用，信不过它。前些日子丢了一个 KINDLE，颇为庆幸，幸亏没用，否则更心疼。当然，也许有办法把批注什么的在云端存起来？但我宁可把自己的东西放在床下而不是云端。

但是互联网也扩展了人的阅读体验，读者可以便捷地发表和交流阅读感受，网上有大大小小的阅读社区，你到里面逛一逛，就会发现高人很多——理想读者到处都是。在互联网提供的诸多可能性中，有一种就是，评论家死掉了。众多理想的、好的读者阅读并且发声，在某种程度上取代了评论家的文化功能，关于什么是好的、什么是值得阅读和流传的，在广泛参与的公共空间里自行形成判断。

经过了过去二十多年与世界全面接轨的磨合过程，您觉得中国文学“走出去”的自信心会不会增强一点？

我前些日子还谈到，现在正在写作、开始写作的这些中国作家，是现代以来的作家中很特殊的一代。这一代作家，他在写作的时候，坐在家里，面对电脑，他心中预想的那个读者，既包括中国读者，也包括外国读者。

他们是第一代身处这种情境的作家。现代作家像鲁迅、沈从文他们是不会考虑这个的。当然从理念上说文学是面向全人类的，但是就具体的创作状态来说，恐怕鲁迅他们很少会想到我这个小说的读者除了中国人还有美国人、欧洲人、柬埔寨人或者埃及人，他不会想这些问题的。当代文学中，“十七年”的时候也不会想这些问题。

但是现在，很多作家开始写作的时候，他预想的读者就不仅仅是国内读者，他可能就会想到，我这个作品还要卖到纽约去、卖到伦敦去，这其实是中国文学现当代以来一个很重要的变化。

80 年代乃至 90 年代早期，有人翻译咱们的东西，咱们常常是受宠若惊，承您看得起，意外之喜。现在，大家的心态比较正常，面对世界文学、面对外国读者，我觉得我们的作家都是越来越自信了。过去和洋大人打交道我们总是多多少少有一些文化上的自卑感，有一种学生见老师的怯意。

近代以来，我们中国人牢固地认为外国人、特别是西方人都很文明，连外国的黑社会都彬彬有礼，像个绅士——你踩了黑社会的脚，黑社会都要说一句没关系。这至少有一部分是翻译造成的，翻译和我们的编辑共同造成这么一种错觉。严复讲信达雅，但如果他本来不雅，你非要让他雅起来，这就有问题。你以为外国人不骂大街，不说粗话？一样说。但是到了我们的翻译家笔下，又经过编辑，就全变成了文雅的书面语，白衣胜雪。可见，外国的月亮有时是被翻译圆的。我比较赞同鲁迅的直译，现在的美剧，好多是直译，观众总算知道外国人也不是个个饱读诗书。

所以有一个正常的态度不容易，包括中国文学和世界文学的关系。现在我们也算见多识广，一个中国作家，他对外国文学的阅读大概远远超过一个美国作家，美国人是不大看外国文学的，我们看了那么多，也长了些见识，中国自 80 年代以来到现在，十个、十几个现在还活跃着的好作家，放到世界文学中是一流的、毫不逊色的。

我想到首届腾讯书院文学奖的年度新锐作家徐则臣刚出的《耶路撒冷》，从名字和架构来看也有着走向世界的心思，您如何评价？

《耶路撒冷》首先是给中国读者写的。但是我估计作者是考虑到外国读者了。这个没什么不好，是自信的表现。现在好莱坞拍个电影还要考虑到中国观众，它还要加一些中国元素，出一个“中国特供版”，好莱坞能这么干，我们就不能这么干吗？当然，如果只盯着外国读者，那就是另外一件事了。

这一代作家在他们的创作态度中包含着一种自觉的世界眼光，他们也有充分的信心把作品放到世界上同时代人的写作中去比较。我们讲中国经验，其中就包含着开放的向度，不是封闭的。现在一个 70

后、80后、90后，他和世界上的同龄人之间可能有很多共享的经验，同样地，在全球化背景下，一个中国作家，与同代的美国作家、法国作家或者哥伦比亚作家之间，也存在着比较和竞争。

《致理想读者》开篇提到了《新文学大系》，回到五四，那一代人他们最开始写作的时候年龄有的也不大，但不过二十年时间，等到《新文学大系》出来之后就完成了经典化过程。站在一百年之后的今天，您怎么评价中国文学这三十年的成就？

五四那一代人很伟大，也很幸运。幸运在哪里？他们是在开天辟地。比如新诗，以前从来都是旧体诗，现在你揭竿而起，说咱们应该写新诗，应该用口语写诗，你可能一开始写得不好，但是你就是新诗的开创者，就像胡适写《尝试集》，我们现在看那个《尝试集》真的是不怎么样。

当然，他们的伟大就在于，当时聪明脑袋那么多，这件事却没有人敢想，胡适想起来了。草创时期难免简陋，但我们确实要考虑到这是个开天辟地的工作，以文言文为基础的诗学传统已经那么成熟、那么精深，而白话文、口语，这本来是未经充分诗化的语言，一直是用来做买卖吵架的，现在我们要用它来写诗了，这个过程不像我们后人想象的那么简单。

在这个意义上说，五四那一代人他们的伟大与幸运都在于“开天辟地”。他们的很多作品迅速完成经典化也是正常的，因为前面没东西，新的文学形式在他们手里创生。实际上到现在为止中国文学还是在他们建立的基本范式之中。所以拿当代文学和现代文学比较，其实意义不大，每一代人都有自己的条件和自己的命运、使命，后人站在前人的肩头上，跳得高一点也很正常。五四到现在一百多年，中国文学已经积累了非常丰富的经验，如果以 1949 年分界，1949 年以前的现代文学和 1949 年以后的当代文学，我觉得当代文学的成就是绝不逊色于现代文学的。

您在《致理想读者》的开篇《1976 年后的短篇小说：脉络辨》中，给了汪曾祺不小的篇幅，联系到前段时间马尔克斯逝世，想请问您如何看待这两种写作类型对当下文学的影响？

80 年代以后文学的影响来源一个是二十世纪外国文学，马尔克斯、卡夫卡、博尔赫斯等等。再有就是现代文学传统，其中包括鲁迅的传统、革命文学传统，也包括 80 年代夏志清影响下“重写文学史”，对现代文学传统的重新勘探和确认，像周作人、沈从文、张爱玲这样的作家都被找了回来。

另外，从 80 年代开始，特别是新世纪以来，有一个对中国古典传统的重新认识过程，这里边，汪曾祺是一个重要环节，最初正是通过他，人们忽然意识到古典传统、文人传统的现代意义，发现这里边蕴藏着巨大的艺术资源。

还有一个方面，大家谈得不多，就是网络文学兴起，通常这被看作一种全新的事物，但实际上它是呼应着通俗文学的传统，明清以来一直到现代，到金庸、琼瑶，这是一个被五四新文学压抑着的传统脉络，上世纪90年代末，农村包围城市，它在网络这个当初的边缘地带卷土重来。

说到汪曾祺，大家一直评价他为“最后一个传统文人”，因为他代表着一种文学传统。从他去世到现在的这十七年，您觉得这种文学传统在中国还有多大的生存空间?

我相信汪曾祺不会是“最后一个传统文人”，当然这也要看你怎么定义传统文人。要按王国维的标准来衡量，那汪曾祺也不是什么传统文人，他完全是个现代文人。我们也可以说静安先生投了昆明湖，文人传统不复存在了。所以这个只能是相对而言。

当然，放在文学史的架构中看，汪老先生也很幸运。他正好在恰当的时间站在那里，于是变成了一个承前启后的人物。通过他的写作，同时代的作家和读者一下子意识到还有那个方向，还有那么一片天地，正是在这个意义上，他的了不起之处不在于他是最后一个，他也是特定时间点上的第一个，由此，传统文人的感受方式、美学趣味、人生态度开始在新的时代条件下获得新生。

您在论说《红楼梦》时说，“我们有一部伟大的小说，但是我们一定要把它读成流言蜚语。”似乎我们习惯于把一个纯文学作品解读出文本之外的好多意义。您觉得在互联网时代还适合去谈论纯文学吗？

其实“纯文学”就是一个没法说清的概念，这个词飘浮在空中，你不知道它什么时候下雨。《红楼梦》当初可不是纯文学，是彻头彻尾的俗文学。在中国文学中认为是纯文学的东西，放在不同的文学视野里，比如欧洲或者美国那里，可能会被认为根本不纯。

所以，概念所能说明的东西和它带来的混乱相比可能混乱还大一点，我就不太喜欢用“纯文学”这样的说法，读书又不是喝水，何以纯就是好？

我们应该以开放的态度去面对文学在这个时代多种多样的可能性，不必在纯不纯的问题上焦虑、争吵。比如现在的大众文化，其中蕴涵着巨大的创造力。包括青年亚文化，包括微博微信上那些一闪即逝的碎片，它们的创造力不低于所谓的纯文学。这对文学构成压迫，但同时也构成了巨大的资源。

我们选择喝纯净水是没办法，人真正该喝的还是江河中的水，文学我觉得就应该像江河一样，能够容纳一切，也能够在这种容纳中澄清一些东西以确立自身。

这就跟您一直提倡的非虚构的概念连贯起来了。

对，在这个时代，应该有一个面向现实的，也面向未来的开放姿态。非虚构，老是有人问我，那到底是什么呀？我说，这个我说不清楚，我也不想说清楚。一事当前，我们总是急着拿现成的概念去界定它，它到底是不是这个，是不是那个。从固有的观念和经验出发对活生生的正在发生的文化和文学的新鲜经验进行规训，能不能装到我这个抽屉里。其实也不妨先把我们的抽屉放在一边，不要急着把东西往抽屉里归纳，先让它自由自在地生长。我们就先这么写着，先这么干着，又能怎么样呢？也许真正的新东西就会出来了，也许你那个抽屉需要改装一下。

您觉得以后中国的非虚构能和国外的非虚构概念融合起来吗？

问题在于，我们的作家愿不愿意下这个功夫。非虚构的写作与其说是体裁问题，不如说是写作伦理和工作方法问题，这个坦率地说是中国作家的普遍弱项。

我们很少有作家说我写某个村庄前先花三年、四年、五年的工夫去周详地研究这个村庄。我们总是提到杜鲁门·卡波特的《冷血》，卡波特为了写这个案件，从纽约跑到偏僻的堪萨斯蹲守采访，前前后后三四年。你可以想象一下，要是一个中国作家现在要写这么一个案子，他用得着搞三年吗？搞三个月算是勤劳负责的了，搞一两年大家都会觉得他傻，他自己也会觉得傻。

所谓非虚构，是一种奋力抓住、抵达真实的努力，这不是一件容易的事，是复杂艰难的认识过程，也不光是用脑子想，还要走进去，还要望闻问切，是采取行动去逼近如此难以言喻、如此难以把握的那个真实。在这个过程中，需要一套严格、严密的工作伦理和工作方法。

我过去编非虚构作品时最厌烦的就是动不动抒情议论，事实不足、不清，只有靠抒情的高音和议论的高调。我觉得非虚构很重要的一条是作家面对真实的谦卑，没有这个谦卑，你就会觉得万物皆备于我，下车伊始哇哩哇啦。

我们也比较期待将来中国作家能用非虚构写法去写外国，就像美国记者何伟写《江城》。

还是先好好写中国的事吧。

刚才谈到五四，一个德先生，一个赛先生，但在文学上，赛先生也就是科学的影响并没有扎下根去。现代以来，对文学创作的看法基本上是中国文人传统加欧洲浪漫主义，神秘的创造，才华、灵感等等。像福楼拜那样科学传统下的训练和实证，这个底子现代以来就没打好。

比如你看法国文学，从巴尔扎克、福楼拜到自然主义甚至现代主义、新小说，具体的文学观点不说，都能看出科学精神的影响，作家的工作伦理、工作方法，是在科学精神的影响下确立起来的。

不是说才华、灵感不重要，但是小说也好、非虚构也好，需要在科学精神浸润下的工作伦理和工作方法的支持。乔伊斯写《尤利西斯》，据说你现在还可以拿这本书当都柏林的导游图，时间都掐着点儿的，从哪儿走到哪儿，实际时间和小说时间大致对得上。我以前当编辑的时候，很烦咱们的小说里动不动就 A 城 B 城，或者什么滨海市滨江市，你到底是哪个城？你是卡夫卡倒也罢了，但你不是，你那个 A 城 B 城就是为了省事，这和想象力一点关系没有，而是不负责任，心中无数，写到哪儿算哪儿。

懒，于是，托词于灵感和才华和想象，说得玄而又玄，其实就是懒而已。

2014 年 5 月 3 日

这个时代的文学生活

——答《华西都市报》张杰

您在《致理想读者》自序中提到“理想读者”就是“深刻地理解文学之价值并且能够恰当贴切地领会文学之精义”。对此，您还有哪些补充?

书名里用这个词，也是因为实在想不出更好的书名。没想到，好像大家对这个词很感兴趣。我倒不希望这是一个十分高大上的概念，也不希望它包含文化权力，好像你怎样读是对的，怎样读是不对的，没有人可以评判你是否“理想”。我只是觉得，可能确实存在不太理想的读者，他们从文学中没有得到应得的快乐和教益。这甚至和文学作品的好坏没有直接关系，只是和我们接受影响的方式有关。比如，我看到不少酷爱文学的读者，文学对他来说像宗教一样神圣，但是，文学却没有增进他对人性的感受力和对生活的理解力，他的心没有因此变得辽阔，相反，他比一般人更为狭窄无趣——我想你也很可能碰见过这样的朋友，他的世界里除了自己再装不下别的。每次碰到这样的先生或女士，我都会感到，文学这药是好药，只是他吃错了。中国古人对文学的态度就有点问题，我们习惯于以文学浇“块垒”，直接就把文学当成了牢骚，浇完块垒之后就宣布世人皆醉我独醒！文学对很多人的意义就仅限于三两白酒。文学确实抚慰着弱者、失意的人，但不是通过发牢骚，而是让我们即使在失意、脆弱的时候，也能和自己、和这个世界相亲相敬，兴致盎然。所以，我特别喜欢一个四川人，苏东坡，他一生坎坷，可是你看看他的文章诗词，没有气急败坏怨天尤人的酸气。苏东坡这样的文人在我们的传统中并不多见，比较多的倒是泡菜坛子，酸气冲天，好像不让他当宰相就是这世界对不起他。

一般来说，人们倾向于认为，态度严肃的、能启发人们思考而不仅仅是供人娱乐的文学，注定只是一部分人才有能力欣赏。那么，文学在大众世界里的寂寞，就是非常自然而无需介怀。你怎么看待这种说法？怎么看待文学与大众之间的关系？

至少，作家们没必要和影星或歌手去比热闹。文学和它的读者的关系说到底是一对一的关系，你独自打开一本书，独自面对作品。这就像两个寂寞的人相遇，可能心心相印，也可能完全无感，不管怎样，这根本上是你们两个人的事。我自己其实很不喜欢和人谈论我正在读的书，我有时觉得这近乎隐私，精神上的隐私。当然，我同时是个批评家，有时不谈不行，这也是个矛盾。中国古人常常慨叹，千古知音难觅，一方面是难觅，另一方面，文学给我们的一大乐趣就是，真的碰上知音了！

文学在我们的社会精神建构当中，应该是怎样的位置或角色？

这个大家已经谈了很多，我不必重复。这十几年来经常会有人宣布，文学要完蛋、小说要完蛋，对此，你不必认真，他们自己也是不认真的。文学已伴随人类两三千年，经历无数风雨而一灯不灭，它是深刻地植根于人性的。热衷于宣布它的死亡和衰竭只不过证明我们自己的轻浮。有的朋友曾经宣布小说死了，但没过几年自己又写起来了，我说你这真是作法不自毙啊。

当下年轻人看美剧学瑜伽旅行健身，中年人为事业家庭子女奋斗，年老人跳广场舞。你认为，文学阅读在一个普通人、非专业读者那里，应该扮演怎样的角色？

美剧瑜伽旅行体育乃至广场舞都是好的，我想这个世界之美好就在于人可以有多种多样的选择。假设有人规定，你必须每天下班读一个小时小说，否则罚款。你一定会恨文学，觉得读文学是苦役。文学是文明的必需品，但在每个人的生活中却不一定是柴米油盐酱醋茶，它不是工作不是义务，但是，拿起一本书，它就是一个精神上的远方、一次等待你的假期。我们的生活已经被太多你觉得不得不做的事塞得太满，比如一到长假，所有人都知道出门是受罪，但是路上和景区的人一点也不会因此减少。怎么能不出门呢，这是假期啊，必须出门！你实际上是被强迫了。文学不会强迫你，恰恰相反，它是我们生活中的一个停顿，一个你和自己相处的时间。

我曾经看到你关于纯文学杂志的一个观点。大概就是说，纯文学杂志，只要有优质的内容，不要整天关心它会不会立马死亡。不过，作为读者，也看到，除了像《人民文学》《收获》这样的一线大刊之外，很多地方文学杂志，都有一个不容忽视的问题：内容难寻亮点，图书装帧设计水平陈旧。这样的杂志，生存艰难，多少也有不思进取的原因。对此，您认可吗？你认为，一本好的文学杂志，应该是怎样的？

我最想做的事其实就是办杂志。当然我办过一本《人民文学》，但是，如果你明天再给我一本小小的文学杂志我会很快乐。我不会把它办成另一本《人民文学》，我想，我会把它变成特定人群和特定趣味的平台，和我的读者一起快乐。在这个时代，杂志越来越成为一种小众、分众的媒体，你必须设法成为你自己，并且找到同道。我想，很多杂志的问题是因为他们不想成为自己，而想成为《人民文学》或《收获》。

对四川作家及其作品，您有着怎样的总体评价？

当然，这里有我们最好的小说家和诗人。尤其是一批诗人。我很羡慕四川文人的态度，不那么着急，从容，当然反过来说，可能也不太勤奋。但文学这件事，也不是只靠勤奋就能解决问题的，李白就不勤奋，主要是忙着喝酒、旅行会朋友。四川的文人一向有这个传统，他们都活得很开阔，不是皓首穷经、急吼吼的样子。包括郭沫若，我也喜欢他早期的多姿多彩。文学是他们生活的一部分，不是全部。现在的四川文人也有这样的气象。文人不仅以他们的作品，而且以他们的行动教给我们怎么生活，苏东坡对中国人的馈赠不仅是他的诗词文章，还有那么多趣闻轶事，还有东坡肘子东坡肉，这是中国文化中特别有风致的一面，这一面在四川还保存着。

你怎么评价阿来的文学世界？

　　阿来是大作家。他之“大”在于，他对人类生活有全面的把握能力，从超越的层面一直到社会政治层面。这样的作家真的不多。早年的《野蜂飞舞》那些短篇我就很喜欢，从《尘埃落定》起，我总是期待着他的下一部，《空山》《瞻对》，都是令人意外的好。我想我可以替他担保，下一部一定会是另一种好。

很少有批评家像您这样视野宽阔，能耐心去了解诸如安妮宝贝、郭敬明这样的畅销书作者的作品，并且还精准指出他们的特点。您是怎么做到的？您的准则是怎样的？

生活有多辽阔，文学就应该有多辽阔。你不能规定世界上只长一种树，尽管你认为那种树珍贵而高贵。批评家应该像一个植物学家，从气候、水土、进化等等因素去考量和评价“这一种”植物，而不是批评杨树为什么不像青松。

类型文学畅销与纯文学小众，似乎已经成为注定的规律，让作家深受折磨。对此您是怎么思考的？

既然是规律，为什么要“深受折磨”？也不是每一个写类型文学的都畅销吧？在任何一个文化领域，做得好的、出类拔萃的，都是少数、极少数。所以，我们与其眼睛盯着市场行情，不如专注于做好自己的事。

一些所谓“作家”占据了大量的关注资源和话题精力。也得到巨大的物质报酬。但是他们并没有留下真正有分量的作品。于是一些人会觉得悲观：明明有更好的作品，却得不到足够的关注。于是就得出一个结论： 是这个时代浅薄。对此，你是怎么思考的？

有一件事一定得搞清楚，没有一个时代是“深刻”到专门为文学而配置，文学在任何时代都得与其他人类事务和兴趣争夺注意力。如果人人都在抱怨时代“浅薄”，那么“时代”又在哪儿呢？你就是你的时代，时代就在你自己身上。所以，我是从来不做此类抱怨，我只是做我该做和想做的事，见到好的作品、有才华的作家，心生欢喜，四处与人说。我之力也微薄，但世上有了这等好事，多告诉一个人也是好的。我读唐代文学史，发现李白、杜甫在当时也没有得到足够的关注，文学地位不高，兄弟两个只好互相夸，主要是杜甫夸李白。结果呢，真是“尔曹身与名俱灭，不废江河万古流”。况且在这个时代，我觉得比以前好得多，真正的才能要埋没也难，唐代两个人互相夸有几个人听得见？现在，有报纸有微信微博，传播效力大多了。当然，你如果一定要嫉恨为什么公孙大娘、李龟年更有名气，那就没办法了，只好继续发牢骚。

王安忆在一个会上直言：“今天的文学批评使我感到恐惧，对所有的批评我都是不看的。”她指出，在上世纪 80 年代的时候，写作与批评同时发声，双方保持和谐、平衡的关系；但是这一平衡近年来被打破，文学评论以强势的姿态介入文学，对作品进行“蛮横”的曲解。对于王安忆的观点，您有怎样的看法？

真正的好作品是经得住“曲解”，甚至“蛮横”的曲解的。而且我想安忆老师应该是看的，不看怎么会“恐惧”？像我这样的批评家，阅世很浅，只读过一堆书，面对王安忆这样的作家时，也有一种“恐惧”。因为这些作家，他们对人性对生活的领会和把握，对文学的理解，都是非常精深的，王安忆谈小说的书我整本细读，我想，很少有批评家对小说想得像她那么深入。所以，面对这样的作家，我是畏惧的，他们是很强大的对手，他们自己就有很强的批评能力，批评家必须意识到这一点。无论批评还是表扬，让一个好作家看得下去是很不容易的。

在你看来，一个理想的批评家，应该具备哪些素养？文学评论与作家之间，理想的关系状态是怎样的？

评论和创作之间应该具有一种张力。评论家不是作家的上级，也不是作家的老师，他只是凭着他的知识、他对文学和生活的理解感悟发表他的意见，这些意见有时与作家构成冲突，有时是对作品的扩展、延伸和补充，不管什么情况，作家和批评家都一起帮助我们形成对人性对世界更为丰富的看法。在这个过程中，他们的关系可能是紧张如同冤家，也可能是伯牙子期惺惺相惜。

现代快速生活被视为是诗意的敌人。但有人也指出例外的情况，比如网络就恰好适合诗歌的传播。对之，您怎么看？

我从没有在网络上读诗歌，所以这件事没有发言权。我还是习惯于在纸上慢慢读诗。

现在有一个流行的观点就是，读者的阅读耐心不够，大家都刷屏，去微信微博上看好故事或者最新的资讯。但是我想，如果真的有好作品，读者仍然认得出，并给予掌声。比如最近比较受欢迎的《繁花》。对此，您是怎么思考的?

你说得很对。当我们说现在的人怎么怎么样时一定要谨慎，人要比我们想象得更复杂，更有弹性，不会那么一根筋，不会一条道走到黑，所以我们尽情刷屏，我们也会欣赏《繁花》。重要的是，得有人写出《繁花》。那些只顾抱怨这个时代的读者的作家们，应该记住这一点。读者并不欠你的，但你若想占用读者的时间，那么你还是要写得再好一些。

湖畔闲谈录

——与《钱江晚报》萧耳

2014 年

你有那么多重身份，评论家，作家，中国作协副主席，还是有诸多雅好的文人，一个人的精力毕竟有限，可以透露一下你平时是怎么在多重身份里分配自己的吗？

该做什么事就做什么事，行有余力，就做想做的事，如此而已。

你的故乡在山西，十六岁上北大，后来一直在北京工作，你生命中的那个故乡是山西，还是后来的京城呢？当读你的《小春秋》时，说到那些春秋时的老实人和天真汉，说到那些“披发孤独、后无来者”的巨人时，我想，嗯，这是个晋国人在重回他的春秋辉煌时代，那么京城呢，它在你这个文人的精神地理上又是一种怎样的位置呢？

这是个很有意思的话题。旧时的中国人都是有故乡的，现代作家大都有一个确切的故乡，他与故乡的关系对他的生活和写作都构成了问题。当代以来，情况有变，当然很多人还是有故乡，比如你们的麦家，他是富阳人，艾伟，他是宁波人，但是，也有不少我这样的人：没有故乡。如果故乡是指你祖辈埋葬的地方、你父母所在的地方、你度过童年的地方，你的口音、肠胃、记忆所确认的地方，那么，像我这样的人，故乡认同是很分裂的，其实没有故乡。我父亲是山西人，我母亲是河北人，他们都从老家出来，到北京上大学，毕业分配到河北省直机关，当时是在天津，在那里生下我。然后，这个河北省会就开始乱跑，一会儿到了保定，一会儿到了石家庄，我们家也跟着跑，直到十六岁，考上大学，到了北京。再然后，父母也调到了北京。所以，我现在也说不清我的故乡在哪儿，在法律意义上，大概就是山西，但我到四十多岁才第一次回了一趟芮城老家。

没有故乡。我觉得这是一个很有意思的现象，经你这么一提醒，我很想调查一下中国作家里类似我这样没有故乡，或者说没有一个牢固的、意义整全的故乡的人还有谁。鉴于很多作家都把故乡在他们创作中的意义说得无比重要，那么，没有故乡的人，或许就特别值得研究。

接着说文学与故乡的问题。我们看到莫言、贾平凹、陈忠实，还有金宇澄，你觉得他们所处的特定的地理位置，是否促使他们构建了一个文学上的“故乡”，如果他们的文学离开了这个故乡的水土，力量会不会削弱？还有雷平阳的《云南书》，你也提到了他诗中的故乡与他乡的问题，地域对中国作家的写作真的有那么致命的影响吗?

好吧，看来没有故乡成了我的“原罪”，我必须说清楚它。我想，故乡确实重要，但我们也不能老实到真的以为你在文学上一定要有那么一亩三分地，然后才能种庄稼。实际上，当我们身处一个现代、后现代语境时，作家的故乡未必一定与某个地理上的故乡有那么确切的关系。我记得英国诗人奥登曾经在想象中为自己建立了一个王国，他是这个王国的君主和臣民。对于我这样没有地理故乡的人来说，这反而使我在选择身份和认同时有更广阔的自由，比如，在我的王国里，既要有山西的面条，也要有西湖边的桂花和蜡梅，还要有上海街上的老房子和种种美妙的小店，还要有北京冬天干爽的气候和江南多雨的春天，还要有英国的烟斗和丹麦的烟丝，还要与春秋的莽汉、宋朝的和尚为友，等等。总之，当你认为一切都是他乡时，你会为自己建构一个故乡。至于那些有故乡的作家，他们是值得同情的，他们可能一直在忙着改造他们的故乡，或者，他们是在故乡中寻找另一个真正的故乡，或者，他们在面对故乡时尖锐地感到自己永远是一个异乡客。也就是说，他们很纠结，他们从这种纠结中获得力量。

我知道你对我们浙江作家一直都比较关注的，浙江作家群有什么共性吗?其实要说地域文化，杭州、宁波、温州有相当大的区别，温州作家群已是一股不小的文学新势力，那么杭州呢，杭州这样的江南佳丽地，你会期待它孕育出怎样的文学作品来呢?

你如果一定逼着我写文章，我想我会写出他们的共性来，比如把他们和陕西作家相比，总能从泡馍和米饭之间比出点什么。但是不要说浙江作家了，连鲁迅和周作人兄弟两个都那么不同，所以我很怀疑研究这种共性有多大意义。杭州这个城市多么丰盛，有西湖，也有淘宝，有法海也有白娘子，它孕育出什么我都不奇怪。不过，我刚才忽然想起，至少，在现在这些浙江作家里，从麦家、海飞、畀愚、南派三叔、流潋紫、东君那里，我们能看到一种精密复杂、幽暗偏僻的想象力，这些作家看上去是如此不同，但其实他们有一点是特别相近的，就是他们都不太依赖小说与经验的直接比较，都致力于建造一个与我们熟知的世界很不相同的世界。这是一种在中国现当代文学中很稀缺的文学精神，我们被沉重的生活紧紧拉向地面，不能想象多维的世界。如果一定要说我的期待的话，我期待从这里产生真正富于虚构精神的经典之作。

记得十年前，你就给钱江晚报写过专栏《天花乱坠》，写到佛经、张岱、孟元老、《酉阳杂俎》等等，似乎你无比向往那些文字里的灿烂、自由甚至童趣，你的文字也像是在黑夜里放纵着，自由散漫，又像深夜喝酒后的痛快淋漓，我们把这类文章叫“才子文章”，这是和批评家身份不太一样的李敬泽，那么以后，你会好好“栽培”一下这个独特的才子型作家李敬泽吗？有批评之外的写作计划吗？

我不是特别喜欢那个叫李敬泽的批评家。如果明天与他告别，我不会舍不得。批评家是读者，但他负有责任、行使话语权力并要遵守某些话语规则。我更喜欢做另外一种读者，就像博尔赫斯想象的那样，在引文中游戏。我的父母是做考古的，这使得我至今不太理解像荆歌那样执着的收藏癖患者，如果你从小就身处那么多乱七八糟千奇百怪的旧物中，你就知道，自由自在地玩是你能和它们建立的最自然的关系，你没法那么郑重其事小心翼翼地对待它们。对考古学家来说，世界上所有应该有的事物都已经有了，剩下可做的就是编排、整理和鉴别。很不幸，尽管我一点也不想承继父母的事业，但现在看来，似乎是以另外的方式重复了他们，做编辑、做批评家，这就是编排、整理和鉴别，但我还是梦想回去，做考古学家的孩子，在库房里没心没肺地玩。说到计划，当然有，实际上很多，而且这些计划基本上和批评没什么关系。不过我很怀疑计划的人生是否可能，就像我们知道计划的经济其实是乌托邦一样。所以，我并不为我的计划能否准确完成而焦虑，对这些很可能下落不明的计划我秘而不宣，在想象中慢慢实现它们。

你给冯唐的书写过序，那个序我看了，哈哈，我看不懂你是在夸人家呢还是骂人家呢，你说："冯唐的世界无故事，冯唐的世界甚至无人物，没有人会想象自己是冯唐小说中人，想进去也找不到门。”冯唐那聪明脑袋看后是啥反应？你可以给冯唐一个以后写作的建议吗？

哈，我们北京人——我现在又觉得我是北京人了——就是这么夸人的。我不知道冯唐有何反应，我们见面时也不谈这个。我也没想过给他什么建议，实际上我不喜欢给人建议。写作过程如同怀孩子生孩子，在这件事上，你不会给你的朋友提什么建议。

像鲁迅那么犀利的批评，比如可以把梁实秋骂成“丧家的资本家的乏走狗”，也有人骂胡适没学问很浮浅，在当下的批评界还存在这么直来直去的犀利吗？

鲁迅那么骂梁实秋，不是因为梁实秋的文学，而是因为他的政治观点。若论文学，是不值得这么骂人的。我也不记得鲁迅在评价一部文学作品时这样骂过人。文学这件事，本来就不那么直来直去，你要是直来直去地谈恋爱，那一定要散掉，直来直去逛西湖，就直接掉到水里去了。那么我们为什么那么喜欢直来直去地对待文学这样一件世上最复杂微妙的事呢？直来直去的话不一定是真话，很可能只是气话。就我而言，我希望自己说真话，我不是因为可以放纵暴力或恶意，证明自己绝对正确永远有理而干上文学这一行的。

好像贾平凹的文学声誉这些年或多或少是随着《废都》在沉浮，你的《庄之蝶论》也是相当的惊艳，贾老师看到这篇了吗，你们有没有就此交流过？你会把《废都》推荐给80后、90后读者吗？

我不知道别的评论家是怎样的，我很少、甚至于从不和我评论的作家交流他们对我评论的看法。我想说的我在文章里说了，至于他对此作何评价，说老实话我不太感兴趣。至于《废都》，当然不是仅仅写给50、60后读者看的，实际上，我根本就不赞同现在对文化的代际鸿沟的过度强调，好像80后、90后只能看他们同代人写的作品。我们现在和曹雪芹莎士比亚交流都没有问题，难道50后和90后倒不能交流了？我们把文学当什么了？一代人中流行的黑话？过了这一代马上作废？

你说，“作为文学人物，庄之蝶是知识分子的镜鉴——也不知是不是风月宝鉴”，你说，“庄之蝶还活着”，80年代的文学人物庄之蝶，在当下是否仍有寓言式的生命力？

是的，我就是这么认为，他当然活着，到处都是。

你自己在阅读上是“杂食动物”，去年你来杭州参加我们的悦读盛典，大家在参观博库书城时，你一下就不见了，再出现时，就抱回来一堆书，其中有好几本日本的古典作品，好像有三岛由纪夫的，你称之为读“小闲书”。能给我们透露几本你最近在读的私房小闲书吗？

现在在看一本大闲书：《欧洲形成中的亚洲》，十多卷，非常有趣。还有《哥伦布大交换》《日本物哀》，还有一部“蒸汽朋克”的科幻小说《差分机》，回到维多利亚时代、蒸汽机时代，在那里展开科幻，很旧很冷很机械的未来。三岛那一本《金阁寺》少年时看过，印象很深，那天看到，忍不住买了。

——都是“闲书”，和文学评论没什么关系。

“青年作家教父”这头衔来自江湖，当然没人给你发证书，但文学圈内就是这么流传了，这是否让你“压力山大”呢？2014 年，你看好哪些中国作家？外国的呢，你觉得像村上春树会在未来得诺贝尔奖吗？

我确实不喜欢这个头衔，我觉得这简直就是害我，幸亏只是文学教父，否则挨了黑刀岂不冤死。最近读了徐则臣的《耶路撒冷》，觉得很不错。虽然，我觉得他还缺乏一点剑气。阿赫玛托娃特别不喜欢契诃夫，说他没有刀光剑影，阿赫玛托娃是女神，但她说得不对，契诃夫如果有刀光剑影就变成托尔斯泰了。而就徐则臣来说，他的好处在于他面对生活的宽厚、谦逊，现在具有这种美德的作家太少，太多自以为是。但事情就是这么难办，这么一个宽厚、谦逊的作家，我反而希望他再锋利一点，我可能和阿赫玛托娃犯了一样的错。

至于诺贝尔奖，我还是别瞎猜了。我承认我真的不知道瑞典那帮老爷子在想什么。

你来过很多次杭州了，大多是公干，如果你有一个杭州假期，一整个月的时间，像现在的暮春季节，你会做什么呢？

我最希望的是没有计划，没有人问我会做什么，我也不想会做什么，每天被鸟叫醒，然后，无所事事。

像豆瓣这样的网站上，聚合了各类文艺青年，他们写书评影评等，又没有稿费，只是一种乐趣，只求共鸣、点赞，你会上豆瓣之类的网站上去看书评，还有读书小组的讨论帖吗？你有没有因为一个读者在谈论你的作品时，完全曲解了你的意思而气愤过？

我看的。最近还看了一个人评论我的书的帖子，夸了我，我心中窃喜，也嘲讽了我，我觉得他真是嘲讽得漂亮。人性都喜欢听好话，但是，我得说，也不是作家们听到嘲讽批评就一定很生气的。就我自己的经验来说，如果一个聪明人把我很精彩地奚落一通，我固然不高兴，但这种不高兴里也包含一点自得：至少，我引起了一个如此聪明的家伙的兴趣，他有兴趣花工夫这么精彩地修理我。很多人一谈批评就会说，现在的作家太脆弱了。你要作家多坚强才行啊？你自己写文章不也一副真理在握、不容置疑的架势吗？作家稍有反驳，你就喊：啊你脆弱！那么你自己是不是也很脆弱呢？别人曲解我的意思我不气愤，因为文学作品就是要被曲解，阅读就是误读，现在我们已经把《红楼梦》曲解到曹雪芹自己都必定不知所云的程度，但这正是这部作品的力量所在。我想，真正令人气愤的是，他根本不打算解，他也根本没有表现出解的能力。这就好比一个人到你的店里吃饭，吃完了一抹嘴，头头是道，认为你这个豆腐烧得不好、你这个笋烧得不对，你不高兴也只能忍了。但如果他认为世界上唯一的美食就是山西刀削面，然后到你这个浙江馆子砸场子，那你能不脆弱吗？整个人都不好了。那不叫批评，那叫愚蠢。

中国是个人情社会，评论家们会受人情的影响吗？比如人家找你写序，写书评，总不希望你说他的东西是垃圾吧，作为一个批评家，而且看起来像是好脾气先生，你可怎么办呢？有什么妙招吗？

哦，我没有什么妙招。我只能自我安慰。我看唐宋八大家的集子，发现被他们夸的人早没人记得了，但他们的文章还在。——我的意思不是说我是八大家，而是，我有时会得意于我写了一篇有趣的好文章。当然，我也祝福我写的人被人记住，愿他们的名声比我的文章更长久。

2016 年

《青鸟故事集》，你最后落款的“于野狐狸庵”是什么鬼？虚构的地点吗，为这部你说的幻想性作品故意设立一个野狐禅味道的地点？

那是远藤周作的斋号。远藤是我最倾慕的作家之一，你知道他的写作正好就是关于日本与异质宗教的相遇和纠缠。写《青鸟故事集》时我没读过远藤，后来读了，相见恨晚。去年我到了长崎，在海边的远藤纪念馆，旁边就是《沉默》中洛特里哥上岸的地方。那时，我就想到借用他的斋名。他是个野狐狸，一个人，执念于如此寂寞、隐秘、复杂难言的境遇，他会感到自己都是荒野中的狐狸。不是《聊斋》里香艳的那个，是荒野里因过于灵敏而永远惊恐的那个。

看了《抹香》这一篇，你怎么看“玩物丧志”？通过物的呈现，可以接上断裂的中国人的生活史吗？这是不是新时代物质生活好了，人们的身体和精神也在慢慢松弛的表征呢？

你这是自问自答呀。物当然是重要的，别忘了我们是唯物主义者。如果你是个考古学家，这还会成为你的信念，时间是海，人类的物质遗存是唯一的船。而且，你会意识到，对人来说，几乎没有什么是纯粹的物质，人之为人就在于把物质变成人的物质，有时候，比如在良渚玉器那里，物质本身就是精神，人的精神生活由此获得本质和形式。

好吧，不说那么复杂。我当然同意你的看法，中国发展到现在，从普遍的家无余粮、身无长物，到一定程度上的物质丰盛。物质对我们来说曾经那么沉重，事关基本生存，渐渐地，物质会“轻”起来，对越来越多的人来说，它不再是限制我们、把我们摁在地面上的东西，我们有可能轻逸起来，在物质中为自己构建一个趣味的、审美的、意义的世界，这和“玩物丧志”没什么关系。

你在《青鸟故事集》中描绘的唐宋时期，中国人优雅地放纵着自己的身体，进而你说，中国古人并非不曾发现自己的身体，只是他们发现的方式跟欧洲人使身体暴露在阳光下不一样，比如他们熏香，你个人在生活方式上是否也追慕着一种率性而为的身体主义？

不知道你说的身体主义是什么鬼。我自己也不那么率性而为。我的意思是，古代中国对身体的看法是复杂的，一种是孔子那里，你是个君子，就要端正衣冠。子路结缨而死，“君子死，冠不免”，宁可被人捅刀子，也不能披头散发。身体是自然，而衣冠如“文”，有了这个文，才有礼，才有文明可言。当然另一方面，我们还有一个放达的传统，不衫不履，扪虱而谈，很恶心是吧，这是对过度的“文”和

“礼”的反拨。当然后来到唐宋，黑社会流行文身，九纹龙史进，文得像摇滚乐队，那本是原始蛮风，后来成为一种社会标记，郭德纲相声里说，现在的黑社会也要文身，否则收不到保护费，一不小心文了一个蜡笔小新。还有就是，我们有一个审美的、感性的传统，比如到宋朝，君臣宴饮簪花，一人头上一朵大红花，这在现在很难想象，但这个传统下才有了中国文化中一些最美妙的因素。总的来看，中国古人的趣味不是那么直男的，他们对自身身体的想象固然比现在更中正严肃，但同时也更有宽度。

你说，物比人走得远，又说，“人们的物质生活，女人和男人的食物结构，衣服是什么布料，在哪儿生产、怎么生产、如何流通，这些日常的、构成所谓‘大事’之基础和条件的事物才是真正重要的，是在底部推动着历史的运行。”那么中国漫长的历史是否可以换种方式书写，比如不再按改朝换代、农民起义的节奏写？还有细节，是否也是文学家写历史特有的方式？

这当然不是我的发明，从马克思到布罗代尔，都是这么看的。那种死盯着帝王将相、王朝鼎革的办法，早已不是史学主流。所以，你的问题应该反过来，不是文学家有什么了不起，发明了新方法，而是文学家的脑袋普遍陈旧封闭，还在用旧方法，在这方面，文学界远远落在史学界后面。这种陈腐的历史观，反映到文学作品中，再和传统的大众历史想象结合起来，严重扭曲了中国人的历史视野。

从《小春秋》到《青鸟故事集》，“李氏”历史充满鲜活、艳异、野性与自由，斯文与杂耍交织混杂的气息，在这条道上有没有要追赶的目标？通过这两本书，感觉你在匡正国人对中国人的民族性格的认知，是有这样的意图吗？

目标？有啊，很大。就是《左传》和《史记》。现在正在写“春秋”，不是《小春秋》是“大春秋”了，把春秋从头到尾写一遍。这个过程中几乎每天都要拿起《左传》《史记》读几页，那真是雄奇峻伟！对我来说那其实不是目标，你当然追不上，也不必硬学，但你要知道有那样一个境界在。

我们对自己历史的了解和认识太贫乏了。大家都在谈国学谈传统，可是上下五千年，纵横九万里，波澜壮阔、千差万别，你说的是哪一段哪一块儿？就像现在造假古董，建筑一起来就是清式，清式的建筑包括室内陈设是中国有史以来最丑的，为什么不是唐宋？你脑子里只有土得掉渣的大清啊。所以，无论是回到春秋，还是关注唐宋以来的中外交往，都是为了认识自己，让我们意识到我们自身其实是多么丰富。有不少不好的东西，也有更多好的，被我们忘了。

你写了翻译这个“鸟媒”的近代史，讲到 20 世纪初的翻译们就像是躲在洋饭店里换装束、照镜子，里外不是人。读了《青鸟故事集》才知道翻译这种角色起初是被当成吃里扒外的汉奸一样的，还知道那时中国人还不让外国人学中文，以此来闭关锁国，那么“青鸟”的象征意义，是否指向东西方不同文明间“青鸟殷勤为探看”呢？

写这样一本貌似轻、奇、巧、妖的书，你是否藏着一个大的抱负，关于文明间的对话和交流的？

是的。对异质经验的好奇，与外面的世界、陌生的人和物的对话，以至于面对未知的冒险精神，这是我们文明中最可宝贵的品质，否则哪里会有丝绸之路？你看看地图就知道，在地理上，我们这个文明自成一个单元，在地理和心理上都很容易自我封闭。正是因为有了那些“青鸟”，有了鲁迅所说的“舍身求法”的人们，我们才保持着活力。在这个全球化时代，对话和交流表面上是容易了，实际上恐怕更难了，“误解”每天都在大规模地生产和消费，人们的心态、知识人的心态和两三百年前常常没什么差别。青鸟经过李商隐的书写，变成了爱情之鸟，但在远古神话中，它是联结不同族群、穿过各种语言的鸟，这到现在也依然是一只寄托着理想的鸟。

你的文风，大可以大得气吞山河，小就小到一缕香氛，是读各种杂书造成了毕飞宇所说的“李氏”风格吗？阅读时，你对大书和小书的态度是怎样的？我说的大书，比如马尔罗晚年的回忆录《反回忆录》，小书比如你开篇提到的《枕草子》，这关乎阅读趣味，或更高层次的价值判断吗？

没办法。学问搞杂了。杂着进来杂着出去，不分什么大小高下，这就是庄子的"齐物"，我现在达不到，但心向往之。至于书，我觉得也不必分大小，是你的书就是你的书，《反回忆录》我看也不怎么大。很多据说很伟大的书我到现在也没读过，也没什么负罪感，很多小书、闲书、冷书反而是亲的，一见如故。生而有涯，茫茫人世，和你有缘、有关的人其实有限，人如此，书也如此。

我们说说美吧。我觉得似乎在你那里，美是一个不附加别的东西的单独的存在，似乎在这一点上，你也认同有人鱼线的三岛由纪夫。你怎么看当下中国人对美的追求？从文学到生活，你觉得美的位置在哪儿？

这可是要命的问题，最说不清的，而且一说就是陈词滥调。自蔡元培、周作人倡言美育以来，到现在，围绕美这个词几乎没法儿聊天，因为每个人的意思可能都很不一样，说的不是一件事。你说："美是一个不附加别的东西的单独的存在"，这很有意思，在柏拉图《会饮篇》中，女祭司第俄提玛曾经长篇大论地传授爱欲的秘教，在她那里，美成为了人生的目的，包含着终极的意义。你提到三岛由纪夫，我想你如果事先告诉他，他将被抓住，像一个杀人犯或抢劫犯一样被绞死或枪毙，他一定不会去干最后那档子疯事。这不是唯美主义，而是说，在文化中，可能存在某种深刻的精神上的冲动，把美设为终极目的。这很有意思，对一个中国文化背景下的人来说，这构成了一种“不可能的可能”。

郁达夫奖评奖的时候，一行人去了胡兰成故居，你的书中也提到胡兰成，你是怎么看待胡兰成的，你说“胸中不正则笔头文雅”，怎么理解？还有，语言文雅不如泥沙俱下好吗？

泥沙俱下，这得是不世出的天才。当得起这四个字的，古今中外也没几个。对我们这些人来说，还是好好说话为妙。就像孔子说的，“辞达而已”，把话说明白，尽量言而有文。至于我那么说胡兰成，是说他的文章确实有才子气，胸中不正，但巧言令色，这个也是显而易见的，喜欢不喜欢那是另外一件事。总的来说，胡的套路还是比较简单的，初看惊艳，看久了也烦。他的问题是不诚恳，机灵抖得眼花缭乱。所谓“英雄欺人”，他不是英雄，却以为世人都是傻子，张爱玲烦他到死，我觉得也是因为这个，他后来那些文字也一直在欺负她。

朱生豪把莎士比亚翻译得文雅化了，你怎么看？

莎士比亚恐怕是最难翻的。我想我们永远不会有一个和英语的莎士比亚等值的汉语译本，就像永远不会有与汉语等值的英语《红楼梦》，这就是翻译的绝对限度。“青鸟”们不是无所不能。

很高兴你的书中谈了最初的书，《钢铁是怎样炼成的》现在还是中学生必读课外书，你说你自己九岁或十岁的时候，一边当着学校大队委，一边最喜欢的是冬妮娅，因为童年敬泽已经惊喜地发现美了，那么你希望现在的孩子怎么面对美和正确呢？

更正一下，可能我写的时候手滑了。仔细回忆，好像我在小学最大的干部也没当到大队委。至于现在的孩子们，我没什么好建议的，我当初喜欢冬妮娅没让我变成了坏人或流氓，我想他们也不会。

巨大的鸟与鱼，我发现李老师很喜欢鸟与鱼的意象，记得你也喜欢村上，有次谈诺奖作家时，你说到两种类型的作家，飞鸟型与巨兽型，你说偏爱飞鸟型的作家，你自己是哪类？

鸟类。

知天命了都还没定型的作家李敬泽，写作上越来越任性了，我们不敢预测李敬泽的下一部作品会是什么，哪个类型的？也许还会各种玩花样，哪天是否会写小说？反正吴亮也写了，批评别人那么久了，也让别人评评你的小说呗。

我是个新锐作者啊（笑）。如果说我对自己还有点满意的话，那就是，我依然觉得前边有很多可能性没有穷尽，跃跃欲试。谁知道呢？也许真的写小说，卖一个大大的破绽给大家。

练瘦金体这事有没有什么机缘呢？这个行为是你，一个当代文人和古代文人对话的方式么，就像一种“秘密交流”吧？

这个，显然你对我的“书法艺术”进展不够熟悉。瘦金练了一阵，现在不常练了。当初选瘦金是喜欢它的锋芒，风姿飒然，寒光闪闪。后来写了一阵，觉得瘦金的问题是，它太徽宗了，你练死也就是像个徽宗，而且过于风格化，难度不够。现在，还是临隶书，用汉简笔意写大字小字。新的偶像是姜夔，要是能写姜夔那样清澈无我的小楷就好了。

当然是秘密交流。不过这个也是说来话长，我们不是谈写字的对吧？

我发现《枕草子》这样阴性美的女性作品也会被你喜欢，那么平时阅读选择不会在意作家的性别吗？

我不在意。从没想过按性别看书。《枕草子》《源氏物语》我都很喜欢。有时我觉得这不是一个简单的性别问题。《金瓶梅》绝对直男，《红楼梦》其实是男女合体的。

如果把《青鸟故事集》的章节按写作时间排列，会看到一个青年到中年的变化，从浩大奇异到幽微敏感，世界在变小，变优雅，变漂亮，变得安静，也变得柔软，“李氏”青年和中年的风格还是有分别的，这样说你同意吗？这是否是必然的？

好像不是吧。我觉得可能是反过来。过去的东西还是有文青气，太文，不够恣肆放荡，现在的，会放得开，当然也可能就没有那么整饬。我现在倒真是希望下笔有一种气势，就用你刚才的词，泥沙俱下，悍然磅礴。不一定做得到，但我自己读时，感觉现在的速度比过去快了，过去有点沉吟，现在比较磊落决断。我知道你在谈论青年风格和中年风格，但这其实是千差万别的，每个人都不一样。

你看我们这个访谈，完全不提你是批评家的事儿了，是否正中下怀？两年前还是三年前，我跟你也做了个访谈，说到未来计划，你说你的这些计划基本上和批评没什么关系，现在还是这么想吗？

是的，正中下怀。我希望再过两年，你会根本想不起这个问题。

假设一下，如果你现在要建个朋友圈的群，要选十个不是生活在当下中国的人做朋友（可以任何古代或外国），拉进你的群，你会选哪十个人呢？

姜夔，教我写字。落难后的宋徽宗，和他谈谈往事。兰陵笑笑生，看他到底是谁，然后替他保守秘密。张岱，我一直梦想替张岱写一本书。项圣谟，看他发来天子祭天法服的图样，还有，远藤周作，还有，斯文赫定，还有李商隐，还有，坐在天一阁里的范钦，还有，朋霍费尔……十个不够啊。

2017 年 2 月 9 日

谈野马尘埃

——答胡竹峰

《青鸟故事集》是《看来看去或秘密交流》的增订版，换了个书名，味道就不一样了，有没有发现似乎是两本书了?

我也有这种感觉。一个作品有自己的命，会自行生长。有的刚生下来还好，后来越长越丑，直到丑死。有的女大十八变，更好看了。我自己也写过现在看起来丑的东西，再不想拿出来。但这一本，我想是更好看了。

这本书是旧作修订而成，请谈谈对修订的态度或者修订的原则。

这本书增加了一些新作。对原有的部分，做了一些技术上的修订，比如引文、知识细节都更准确了。此外主要是文字上的斟酌。有一些十几年前时髦、应景的话，这次都删去了。因为时过境迁再看，那些话显得突兀、不自然。这也是一个有趣的教训：在文章中使用流行词语和说法，还是谨慎为好，十几年后这些话会显得很傻。

很多人读你的散文，注重你的人文部分，这一部分当然重要，但我更喜欢你的文本。你写这本书的时候，当时整个散文创作氛围还是很局限的。

那时像这样写散文的确实不多。我也并不是端起架势对自己说，我要写散文了。直到现在，我也不情愿把这种写作叫作散文或者随笔。我更愿意把它当作一种广义的“文”，在古代，特别是先秦，没有小说，也没有什么散文，只有“文”，孔孟、庄子、《左传》，都是“文”，无论语言、表达还是体式，都有原初的自由不羁的精神，元气淋漓。所以，后来中国人写文章，写到山穷水尽，没有路了，怎么办呢？都要回到先秦两汉，从头再出发，重寻那份元气、那种混沌未凿的感觉。现在，我们不仅可以回到先秦的自由精神，同时也要向着现代以来的世界性的文学经验的整体敞开。别老想着你是个写散文的，关起门来写，你和小说家、戏剧家乃至理论家同处一个场域，你和他们是对手，也是同道，你在根本上和他们做着同一件事，你要在和他们的对话和竞争中找到自己的可能性。

你的作品，大多以见识见长。《青鸟故事集》似乎复杂很多？

所谓“见识”，你可能指的是评论。写评论要靠见识，把一切都摆得明明白白。但写《青鸟》这样的东西时，我终于可以不做评论家了，那活儿让别人干去。我力图表达那些更为幽暗，也更为困难的事物。

我知道这本书最近有个法文版。总觉得你的文体很难被翻译，那个韵味容易丢失。

有些东西是注定不可译的。翻译永远是相对的，命定地包含着误解和遗漏。对于翻译，特别是文学作品的翻译，你只能听天由命。

你的一些作品从中国古典文化出发，但又不停留于斯，旁敲侧击，指东打西。请你谈谈对传统的继承和发展。

传统之所以是传统，就在于它是活的，它会被一代又一代人不断地阐释、发明。面对传统，实际上就是面对自己，携带着自己的境遇和问题和古人对话，在这个过程中，你当然会想得很多，旁敲侧击。

到了你这个份上，很多东西都有了，是什么在支撑你的创作呢。这些年你默默写了那么多东西。

很多东西有了，但有一个东西始终没有，它等着你，诱惑着你。对以写作为志业的人来说，这就是确信你会写一个更好的，比自己更好，或许也比别人更好。这说的是作品，也是人，你一直在找那个更好的自己。直到你没力气了，好吧，就这样了。这时你就老了。现在，我确信我还有力气。

你的语言有一种自信，你是文字的统治者，像河水淌下去，不能自已。说说你写作时的状态吧。

实际上没那么自信。写作时你会种种迟疑、犹豫、无话可说、辞不达意，你艰苦爬行。特别像我这样的人，有很强的文字统治欲，事情更是麻烦，文字是一群桀骜不驯的暴徒，是炸了群的野马是风雪中的羊群，你很难驾驭它们。但写作的乐趣也正在于此，我通常会写两遍，第一遍不纠缠，只顾写下去，先定下大势。大势已定，第二遍再回过头慢慢收拾它们。

你的写作，从最初的构思到成品完成，有没有面目全非的时候？

我很少事先有完整的想法。大致有个方向，写下去，不时会冒出新的想法，很多意外之喜或意外的麻烦，渐渐地你会发现形式会自然地呈现，所谓势所必至，好像事情本来就该是这样。这是美妙的感觉。

我觉得一个作家的风格，其实主要是语言的风格。你认为语言在作家个性

里占多大位置?

那如果你翻成另一种语言呢?你还有风格吗?作为一个中文读者,你怎么理解莎士比亚或托尔斯泰的风格?对散文来说,语言确实比较重要,但无论是散文还是小说,气度、胸襟、眼光,这些因素恐怕至关重要,语言倒是第二义了。

老虎、狮子、豹、熊等猛兽,更多时候静静卧在那里不动,风吹也好雨打也罢,哪怕是惊雷,它们都懒懒的,有猎物时,一扑而获,这是王者之气。你有没有觉得当下王者之气太少了?

有的作家天生是大动物,有的天生是小动物。这是没办法的。所以,你的问题的有效性在于,我们是不是被告知,小动物是好的,所以把老虎也养成了猫。当然如果你本来是猫,你也别冒充老虎了。

这么多年,在杂志编辑、主编还有作协工作与评论家几个身份里转换,这些对你的创作有影响么?

没有什么影响。我不觉得你是个司机还是个农夫还是个记者会影响你做菜。

抛开工作因素，从个人趣味上说，你喜欢读哪方面的书？

比较持久的兴趣是读历史书。也读种种杂书，古代笔记、美术史、考古、器物等等。

你内心里有与伟大前辈竞争的意识么？陈丹青有一次聊天，说木心先生经常吃醋，对鲁迅、陀思妥耶夫斯基、狄更斯、雨果、哈代，大吃其醋。你有么？

我从来没有。这种闲醋吃起来一辈子没完的。

文学土壤对一个写作者是非常重要，你这么多年，几乎都是以在场人的身份做文学批评编文学杂志，但你又几乎是局外人的身份从事文学创作，自己制造土壤，自己制造环境。

老实说，由于我一直是你所谓的“在场人”，相对于其他写作者，可能我的土壤和环境先天地好一些。至少我不会很焦虑，我自己写东西时很少东张西望，去观望潮流何在。如你所说，写作时我的心态是局外人，一个人，正业是做编辑、做文学工作，业余做点自己喜欢的事，最好把自己放到局外，轻松自在。

私底下阅读的时候，你会很留意人家的文章安排么，然后再问自己，换了是我会怎么写。

当然会的。最近读唐宋文章，常常会想，换了我怎么写？有时觉得我能写得更好。

你对人性总是善意的，很多东西，你没有像鲁迅那样深挖，你点一点，剩下的取决于别人，取决于机缘。

这就是天性了。你天生就没有鲁迅那样的利爪。不是那种动物。

读者和艺术，在你看来，哪一个更重要？你怎么去兼容。

写的时候，我不太想读者。但这不意味着我不尊重读者。我只知道尽我的全力写好，这首先是自尊，然后也是对读者的尊重。

你有本书叫《致理想读者》。你理想的读者应该是怎么样的人呢？

哈，那是和我一样的人吧。你看，这有多难。

你是作协副主席，有那么多日常的行政工作。我觉得哪怕是作协的行政工作，也与文学毫不关联，你怎么在工作与文学之间寻求一个平衡？

最糟糕的是，你认为有些和文学是有关的，有些是无关的，你把生活和生命切成互不相关的几块。怎么会无关呢？苏轼也做了那么多行政工作，他还当人武部长团练使，他如果天天文学恐怕也就不是苏轼了。我是觉得，经历世事，这对一个写作者来说是幸运和财富，你得在大自然里活着，你不能给自己分隔出一个封闭的小环境，说这是纯粹的文学生活。

你多次谈到鲁迅，也屡次说受到鲁迅的影响。谈到鲁迅离不开胡适，你的部分作品，其实也如同胡适一样，普及一些常识。

我没怎么读过胡适的书。读了唐德刚给他做的自述，也没有太大兴趣读别的。我比较喜欢有光芒的作家，像鲁迅那样，而胡适，他可能是个好人，但太中正平易了。

谈谈你的日常状态？

每天上班，朝九晚五，开会，处理事情。晚上回家，吃了饭写写毛笔字或者看书。到九点多开始写东西。凌晨一点睡觉。大抵如此。

你是评论家，作家，但我觉得你更应该是个生活家。你挺懂生活的，生活大于创作大于艺术。生活的好坏就是生命质量。你觉得呢?

每个人情况不同吧。我的确认为生活更为重要。但有时你很难把生活和创作分割开。比如今天，不赶着答完你的问题我会很焦虑，会影响生活质量。

你有过人生很灰色的时候吗?

谁没有啊。

最后一个问题，你以过来人的身份，对有志于写作的年轻人说两句话吧。鲁迅老先生说：顶要紧的事，是银行里要有一点钱。

哈哈，鲁迅先生的话很实在，我赞成。

作为“散文家”的我

——答《南方都市报》田茜

你在《十月》上开的专栏为什么起名《会饮记》？柏拉图《会饮篇》谈论的是爱欲（eros）问题，你的专栏和这个题目有关吗？在写作之初对内容是否有所规划?

正如你所说，《会饮记》这个栏名就是来自柏拉图的《会饮》。《会饮》的确在谈爱欲，在西方哲学史上第一次系统地探讨爱欲问题。但《会饮》也是一篇文体上非常有趣的作品，它是由多重的、复杂的转述构成的。这使它的内容在叙述学意义上非常不确定，隐含着自我怀疑和解构。这是一篇名副其实的“道听途说”——阿波罗多洛斯所讲述的一切可信吗？他并非那场对话的在场者，他只是个转述者。

在我看来，这也是人类文明中一个根本性的疑难。你知道，《论语》也不是孔夫子自己写的，是他的弟子转述夫子当日言行。另外，释迦牟尼也是不立文字，佛陀入灭后，弟子阿难记诵佛陀言行，形成四阿含经，现在翻成汉语逾百万字。阿难的记忆力真是好啊。这些，包括《新约》，都是转述，出自圣言，传诸众耳，然后记下来。但是没有人质疑《论语》或佛经或《新约》，它们也并不自我怀疑。但是在柏拉图这里，提出了、设置了怀疑。你不由得会想，这真是苏格拉底说的吗？在经过多重转述之后，到底什么是真什么是假？

——这多少合乎我写《会饮记》的规划，无论文学、学术还是思想，人们看到的都是落在纸上的。但实际上，纸面之下还有一个广大的动荡的、很不清晰很不确定的层面，那是日常的思绪、情感、言谈，是生活和交往，是风起于青萍之末，是思想的“未封”状态。我感兴趣的是这个层面，在这个层面上做一个阿波罗多洛斯那样的转述者。钱钟书说，你吃了鸡蛋，不需要认识下蛋的鸡。他显然没有养过鸡，我小时候养过，养了好几年，下了很多蛋，最后被人偷走了，下蛋的鸡也是有故事的。

研讨会和新书发布会是《会饮记》里经常写到的场景。比如《精致的肺》里与毕飞宇、骆以军的对话，《杂剧》里阿列克谢耶维奇在北大的讲座。钱钟书曾调侃，所谓作品研讨会就是“请一些不三不四的人，说几句不痛不痒的话”。当台下听众低头刷朋友圈，台上人感受怎样？偶尔是不是也觉得疏离、荒诞？

不是偶尔，是经常觉得疏离、荒诞的。一个人为了不使自己变成一块顽石，有必要保持一个自我疏离的向度。但即使是荒诞也并非无意义，至少你还可以把它写成《会饮记》，运气好的话还会得奖。

《会饮记》的篇章结构新奇，时空与人称快速迭换，有如蒙太奇。此种写法跳跃跌宕，涵容广阔，但不留意也会显得散而且杂。在写作时，你对这些文章的结构、章法有什么特别的考虑吗？

我就是希望它散而且杂，但也不能散成一地鸡毛，杂成一锅佛跳墙。越是散而杂，越要有结构，有“体”。什么是文章之“体”呢？古人说了那么多也没说得很清楚，也确实说不大清，就《会饮记》来说，外在的结构形式还是次要的，我希望每一篇都有一口气，一种节奏，一种调子，把散而杂的事物统起来。当然做得好不好另当别论，我自己的感觉是，在做得好时，你会觉得有一根自由自在的线条回旋缭绕，从头至尾，闪闪发亮。

能否从文体的源流谈谈你对现代散文的认识？

今年是新文学百年，百年来，小说、诗歌、戏剧等都已完成了现代建构，但散文的情况比较麻烦，它的现代建构可能还没有完成。古典的“文章”无所不包，现代以后，大部分切出去了，我们看唐宋八大家文集，写报告写公文都是“文章”，新文学把这些切出去，建构一个专门用于自我表达的文学散文。结果就百年尴尬到如今，自我表达常常只剩下了实名抒情。前些天，评论家何平对我说，现在的散文都没有可评性，我想他说的是，散文一直有一个文学性危机，这个危机在新文学早期被鲁迅他们解决了，但后来我们发现，鲁迅孤峰耸峙，后无来者。现在，相比于小说和诗歌，散文的文学性建构也远没有完成。与此同时，它的实用功能又被卸载了，偏偏我们现在又遭逢文明大变，碰上了互联网时代，全民书写，“文”如汪洋大海，结果新文学建构的那个文学散文就变成了岌岌乎危哉的一个小岛。

怎么办呢？我也不知道，我想，也不过是不再坐守着这个小岛，投身于汪洋恣肆，回到先秦那种“文”的传统，在这个过程中重新探索作为现代的、文学的散文的可能性。

英国批评家赫兹利特说：“如果我们要了解天才的力量，就应该读读莎士比亚的作品。如果我们要看看学问的毫无意义，就研究一下那些给莎士比亚作品作评注的人吧。”用理论给文学做注，多少有些无力感。批评的文本和文学文本之间，批评家和作者之间应是怎样的关系？

赫兹利特那个说法你也不能那么老实，不要以为他真的那么想了，这在很大程度上是自我嘲讽。批评家和作家的关系说来话长，我也发过很多议论。最近出了《青鸟故事集》，主客易位，一些批评家写了文章，我成了被评论的对象。每一篇我都认真看了，和以前不同的，这一次是从作者的角度去看，老实说有些文章让我暗自惊叹，他们所说的是我写的时候没想到的，他们在很多时候非常有力地扩展了文本的空间，照亮幽暗的地方，使无意识变为意识，使文本中模糊的粗糙的地方有了纵深、层次，更为复杂。总之，经过好的评论家之手，一个文本的好会变得更好，这种更好不是外加的，是批评家从文本中养育出来的。如果没有后来的那么多批评家，莎士比亚或曹雪芹现在很可能默默无闻，批评家不仅是赋予他们外在的名声，更重要的是，使他们的作品穿越时间而一直生长、一直保持活力。

你在一次对话中说自己不愿意谈坏书，然而也有人，比如哈罗德·布鲁姆认为批评家的首要职责是对文学的审美价值做出判断。在你看来，当代中国的文学批评是否履行了批评的功能？如果批评沦为场面话和溢美之词，其意义何在？

批评的重要功能是判断，是激浊扬清。在对话和争辩中，通过激浊扬清使这个时代最好的东西浮出水面，确认下来，我们才算是尽到了批评的责任。激浊固然不易，扬清也绝不容易，这不是两个互不相关的动作，在好的批评家那里，这是一个动作。哈罗德·布鲁姆的了不起就在于他是个有力的扬清者，他写了《西方正典》，捍卫了人文主义传统，同时批判和抵制了后现代“政治正确”“憎恨学派”的虚无主义趣味。这当然不是靠场面话和溢美之词就能做到的。我自己在很大程度上已经是一个前批评家，但是，我的批评生涯的最后梦想就是写一本中国的、类似于《西方正典》那样的书，看一看从古至今我们的文学、我们的虚构作品中究竟有哪些构成了我们精神的根基，它何以构成和如何构成。当然，这是个庞大的、很可能实现不了的梦想。

《青鸟故事集》里的文章，你自己把它们看作散文、杂文、随笔还是小说？当下中国的小说和散文写作，和90年代先锋文学时期相比，是否缺失在文体向度上的大胆尝试？

我把它看作“文”。我没有太想它应该如何归类，我也没想到它面临的第一个问题竟是一味中药，叫作“当归”，大家都来问：它应该归到哪个格子里去啊？就中国来说，先秦之文就没有格子，鸿蒙初开，汪洋恣肆，后来，文体、文类的自觉性越来越强，到挚虞做《文章流别》，越分越细，最后成了中药店的柜子，格子、规矩越来越多。到了一定时候，大家都觉得这样不行，推倒中药柜子，回到先秦。所以，古代文章的几次革命都是打出旗号，回先秦去，至少回到两汉。现在的小说散文，面临的是另外一个问题，忙着应付经验，手忙脚乱地说事，言而无文，不太讲究文体，经验如果不化为文体，那么这个经验就还不是真正的文学经验、审美经验。中国现在某种程度上就如同先秦，变革是根本性的，震古烁今，很多坚固的东西正在消散，比如你过去怎么能想象大家不捧着书却人手一个手机？过去的

“体”已经容不下这种大变，终究要创新体。

你的主要身份是编辑和批评家，当你在进行创作性写作的时候，会不会有另一个作为“文学编辑”或“文学批评家”的自我跳出来指手画脚？你对自己的写作严苛吗？

我写的时候先把编辑和批评家请到壁橱里去，不让他们看着。写作——我说的是创作性的写作，固然是绞尽脑汁、深思熟虑，但也一定要兴致勃勃、一往无前，不能让他们在一边指手画脚。但是，当我拉出一个初稿，仔细修改时，编辑就回来了，批评家也回来了，嘀嘀咕咕，很严苛。我当然是严苛的，对自己尤其严苛。所以，如果我写得不好，那不是态度问题，是能力问题。

《青鸟故事集》提供了“散文家介入历史的一种方式”。我很同意你的一个观点，文学是另一种形式的历史。莎翁戏剧、《红楼梦》呈现的历史比教科书教给我们的历史更真实、更细致和熨帖人心。在生活里，你是一个“考据癖”患者吗？对于历史，你是否比对当下和未来更感兴趣？

对历史的兴趣几乎必然是对当下和未来的兴趣。你读钱穆、读蒋廷黻、雷海宗，还有大家熟悉的黄仁宇，你都会强烈地感到，这些史学家，他们是如此地关切民族的现在和未来，所以他们如此深入地探究历史。是的，我有一点“考据癖”，我喜欢偏僻的、零散的知识，我想这些从历史中逸出的碎片就像太空中掉下来的陨石，无依无傍，但指向一个广大的想象空间。

你在《修道院中的“魔鬼”》一文里提到“现代汉语的重心从来不是文雅，而是尖刻、愤怒、铺张扬厉或者嬉皮笑脸等等……”为什么会形成此种奇特的语言趣味？如果你写一本小说，你希望使用怎样的语言？

现在就更是这样了，在网络空间中，我们都发现很难好好说话，必须表情丰富，把自己变成一个表情包。这一定会影响汉语的品质。新文化运动、白话文运动开启了汉语的世俗化和现代化，陈独秀在《文学革命论》中宣布，我们要使用引车卖浆者的语言，从那时起，文雅就不是主流了。在这个过程中，审美的视域也得到了极大的拓展。我忘了我是在什么上下文里说这个话的了，但是我想，文雅很好，但文雅肯定不是文学性的唯一标准。至于我自己，我不知道。假设我是一个小说家，使用什么样的语言恐怕要取决于我要讲一个什么样的故事，在故事中展现一个什么样的世界。

毕飞宇说你外表文质彬彬，骨子里喜欢撒野。如果让你回到古代，你觉得你和哪个朝代的气质最接近？你愿意和谁做朋友？

但愿我别回到古代，因为你真的穿越回去，一定会失望。不管哪个朝代，它们的形象都是我们想象和建构起来的，真要一天天过日子的话，恐怕和现在差不多，都是一地鸡毛，无边烦恼。而且还没有暖气、空调、抽水马桶、淋浴和煤气灶，简直不能忍。如果未来有了穿越机，可以买来回机票，我当然愿意去春秋，听孔子的课，去西汉，跟着霍去病纵马大漠，去东晋，看着王羲之写《兰亭序》，还和李白、苏轼喝酒，等等。

你是60年代生人里受到较好教育的一群，生在学术家庭，从小熟读史书和古典文学，80年代接受西方思潮熏沐。作为写作者和批评家，从先锋文学时期一路走来，你觉得应该如何打通任督二脉，平衡古典传统和西方现当代思潮对写作的影响？

这种影响其实很难像在实验室里一样，达到精确理想的平衡。在每个人身上情况都是不一样的。就我而言，身上可能中国的东西多一些，老东西多一些，但是外国人也很多，普鲁塔克、吉本、福楼拜、纳博科夫、福尔摩斯、博尔赫斯、阿西莫夫、本雅明、朋霍费尔、远藤周作等等等等，也有一大群外国鬼附体。

你是一个“理想读者”吗？你嗜读什么样的书？哪些书你会一读再读？

自从我出了一本《致理想读者》，总有人问这个问题。好吧我就说我是吧，反正也没有诺贝尔读者奖。每个读者你都会有你自己命定的书，现在读当代文学作品是我的工作，工作之余，我会读各种各样的史书，比如最近读得多的是草原史、中亚史、日本史和阿拉伯史。也不是做什么学问，是当小说读。

获得华语文学传媒奖“年度散文家”奖对你来说意味着什么？

2005 年，我曾获得华语传媒文学奖的“年度评论家奖”，十二年后，获得“年度散文家奖”，这当然是一件有意思的事，我写了多年散文，现在，很高兴以这种方式戴上了散文家的帽子。而且，出于对这个奖多年来的信任，我正在说服自己相信我还是个比较不错的散文家。

2017 年 4 月 16 日上午

第二辑

一本书，我的童年

噫吁嚱！难矣哉！老兄孟繁华命我写我的批评观，七八天里日日枯坐半小时，竟写不出。

忽想起多年前，大概是1999年吧，那时还是青年批评家，在《南方文坛》的《今日批评家》栏目里，也曾写过一篇《我的批评观》。翻出来看了一遍，感觉十八年前就写得勉强，那时是张燕玲约稿，想必也是被逼到悬崖边上，草草交卷。

中国的作家最善写创作谈，我固然不能代表中国批评家，但是，总的感觉，似乎批评家夫子自道普遍写不好。创作谈写得好，因为可以装神弄鬼，目送飞鸿，手挥五弦，飞鸿和五弦有甚关系不要紧，要紧的是姿势漂亮。作家本也没有义务谈他的创作，那是你们批评家的事，一定要说，那便是：如何是佛法大意，春来草自青。于是，我们有很多作品写得不怎么样，创作谈写出了大师水平的作家。而批评家呢，写“我的批评观”是为自己草拟基本法，春来草自青是混不过去的，这是逼着人作法自毙，不由得百般为难。

无论如何，老孟催得紧，赖是赖不掉了，只得横下一条心，硬写。

重读当年的《我的批评观》，发现一个说法颇为眼熟，这段话是这样的：

“中国最好的读者活在遥远的过去，他们涵泳、吟味，追求‘未封’的境界……”

——眼熟的是引号里的“未封”。这当然是本于庄子，“夫道未始有封，言夫始有常”，“封始则道亡”。但是我知道，这个词在我这里必定另有来处。哪来的呢？一时想不起。反正文章也写不出来，便四面八方去找“未封”，连日大索不得。偏巧今日在书柜里找《味水轩日记》，看见旁边有一本《中国现代文学批评选集》，心念一动，抽出来翻开第一页：

“或许是由于中国传统的美感视境一开始就是超脱分析性、演绎性的缘故；或许是因为中国是一个抒情诗传统的而非史诗或叙事诗的传统的缘故，我们最早的美学提供者主张‘知者不言，言者不知’（老子），主张未封前的境界（庄子），而要求‘不着一字，尽得风流’……”

正是此地！

往事重来。我想我在 1999 年是下意识地向叶维廉先生、向他所编的这本书致敬。

《中国现代文学批评选集》，台湾联经出版公司 1977 年 8 月出版。我这一本是 1977 年 3 月第二次印行。内页盖有“河北人民出版社图书资料”印章。

80 年代初，国门初启。当时很多文化单位都采购了一批港台图书，我曾供职的《人民文学》也存有一些那时购置的港台书，其中也有《中国现代文学批评选集》，估计大家都是在中图公司的同一份书单里选书。我这一本上用钢笔字标着“¥6.00”，应是采购进价，颇为昂贵，须知那时我父母的月工资也不过五十多块。

我母亲当时在河北人民出版社当编辑，她是一个精力充沛的读者，和管理图书的姓沙的阿姨又是闺蜜，那个设在巨大仓库里的资料室就如同我家书房。母亲主要是读小说，兼及历史传记，对文学理论批评从来没什么兴趣，所以，这一本《批评选集》肯定是我自己的选择。我已经记不起到底是什么时候借了这本书了，应该是 80 年代最初的一两年，那时我已经上了中文系，见到此书想必视为秘籍，打定了主意做贼，有借无还。

很多年了。流徙聚散，大学时的书基本丢光，80 年代、90 年代的书也大多不在身边。这一本兀自还在。深夜对故人，恍惚如梦寐。不，不仅是故人，也是对着三十几年前的自己。这本书当日也不知读了几遍，旧了、破了，粉红色的封皮泛着白色。那些文章，此时重读，这一句出来，下一句已经微笑着等在那里，只觉得天下文章无数，独此一编相亲。

除了叶维廉先生的序，这本书的目录照抄如下：

姿与 Gesture　陈世骧

评彭歌的《落月》兼论现代小说　夏济安

鲁迅作品的黑暗面　夏济安

论境界　姚一苇

论散文诗　林以亮

《中国古典小说》导论　夏志清

现代中国文学感时忧国的精神　夏志清

翻译和创作　余光中

从象牙塔到白玉楼　余光中

文学与文学批评　颜元叔

朝向一个文学理论的建立　颜元叔

现代中国小说之时间与现实观念　刘绍铭

从比较的方法论中国诗的视境　叶维廉

维廉诗话　叶维廉

五四运动与浪漫主义

公无渡河　杨牧

唐诗举例　杨牧

——现在看，这是一个极精当的选本，汇聚了到上世纪 70 年代为止大陆以外华语批评界的重要人物，标记着现代文学批评在当时的水准和趋向，即使放在现在，也未必过时。但对于 82 或 83 年的我来说，这些名字是陌生的，那些观点也是没有上下文的孤立的表述，甚至那种语调也是陌生的。你不能指望上世纪80年代初一个十七八岁的学生会深入地理解这本书所涉及的领域和问题之复杂宽阔。桃花源中人，读汉书魏书晋书，读不懂是肯定的。

那么，对于一个日后的批评家来说，这意味着什么？我无法确定。如果有时间的话，我会重读这本书，会为每一篇文章写一份评注，这就像一个人回忆童年，建立起一种自我的连续性逻辑结构。这本书对我来说，就是批评智力和感受力的童年。但是现在，我得先回答老孟的问题：我的批评观。

好吧，我认为，这本书决定了，在下注定是一个“中国”式的批评家。就像多年后，我近乎无意识地引用叶维廉在此书序言中的“未封”之说一样，在整个80年代，也读了很多西方理论，但是，那种对中国传统美学精神的认同已经是一个底子，定在那里了。

看到目录中的《公无渡河》，心中马上响起《箜篌引》：“公无渡河！公竟渡河；坠河公死，当奈公何！”当年杨牧先生分析和呈现的层峦叠嶂的巨大悲怆重新涌来。杨牧先生一篇文教我甚多，而从古典小说中看出好来，那也是拜夏志清先生所教。

这些先生，他们都是一手好文章。叶维廉和杨牧诸位都受过新批评的影响，他们把中国传统批评对“审美机枢”的直觉敏感与精巧的、细致的文本分析熔于一炉，如庖丁解牛，应手而自由。这至少使我从一开始就觉得批评无论在智力还是感性上都是一件有趣的事——

当然，也很可能由此注定了我与学院无缘。

甚至那种语调，那种修辞方式，那种不着急不生气，不争强好胜的态度，甚至那种“或许”“也许”的表达偏好——直到现在，写完一篇文章，我还是得删去很多“或许”“可能”——今天，我忽然意识到这些原来都在这本书里。

——我还是没有阐述我的“批评观”。我只是觉得，那些隐秘地指引着我们的阅读和批评的很可能并非我们抽象出来的条款或理论，而是一种类似于童年经验一样的事物。就我来说，我可能依然是80年代初的那个孩子，未名湖畔，有巨大的图书馆，我在那里读了很多书，但是，只有这本借而不还的书，是真的留下来了，它在生长。

好吧。就这样。

2017年4月3日夜

我的第一篇评论

——致《北京青年报》

大约是 1982 年吧，那时我是大二学生，有一天宿舍里来了一位女士，她的风度我还依稀记得，名字我已经忘了。陪她来的是系学生会的某位，介绍说这是《北青报》的编辑，来约稿的。

我不知道她为什么跑到大学生宿舍里来约稿，她当然不是来找我的，我认为她主要是受了那个热心的学生会干部的鼓动，有枣没枣顺手打一竿子，万一有呢。

本宿舍六人，加上干部一共七个。这位姐姐坐着，七个人一律站着，听她细细地讲一遍要什么稿子——她要的是评论。

七个人面面相觑，忽然，六个人抬手一指：老李，老李能写！

老李就是我。我那年十八岁，活活被他们喊成老李！固然我们都是中文系的学生，但平日里他们结社办刊，也吟风弄月，也壮怀激烈，但在下老李是一行诗没写过的，也不曾弄个《未名湖》的编辑当当，按什么标准也算不上文学青年，怎么忽然就“老李能写”了呢？

总之，齐心协力就把我卖了。

于是就写。写的是关于《基督山伯爵》的评论。当时大仲马这部庸俗罗曼司正在流行。我那时若是想得到还有今日，一定挑一本更体面、更高级的书，可是谁能想到呢？

——这是我的第一篇评论。稿费多少钱，忘了，好像在长征食堂请宿舍里那帮家伙撮了一顿，当场花光。只剩那张报纸的样子还依稀记得，那时的《北青报》还是8开小报，版面正中间，有我那巴掌大的一篇雄文。纸很白，那时的报纸都比现在的白。李敬泽的名字配着一幅头像，当然不是我的，好像是基督山伯爵的。至于文章的题目，忘了。

当时还是有点激动的。

这就是我与《北青报》的关系。那位女士，她肯定记不得此事了，那篇小稿子，千万别被人翻出来。

这份关系是浅的，不过是风吹一片树叶。但是，鉴于后来竟被那六个无情无义的断说中了，老李竟真的写起了评论，这份若无其事的关系似乎又真是个事了，好吧，我承认，我的批评之路就是从《北青报》开始的。

为此，感谢三十五年前的《北青报》，感谢那位不知其名的女士。

也祝福三十五年后的《北青报》，这份报纸依然保持着它的青春激情，它的《北青艺评》汇聚着很多年轻的批评家，比起当年的老李，他们当然更聪明，记忆力也更好。我想，很多年后，他们会深刻地记得《北青报》，还有向他们约稿、催稿的女士们。

2017年6月23日凌晨

向湖心之洲

——《雷达观潮》序

上世纪 90 年代早期，什刹海还是一片冬天可滑冰、夏天可游泳的湖。彼时我还没有想过当个评论家，日子悠长清简，须忙出很多闲事打发它。比如夏天里，骑自行车，每日从安贞桥晃到什刹海南岸，岸边一株垂柳下脱衣，跳进湖里，向湖心洲游去。

那时的什刹海，每日岸边总有十几个泳客，以北京大爷居多，游几个来回，上得岸来，三五人袒腹相对，各持一瓶小二，一包花生米，半斤猪头肉，蛙鸣蝉噪，清风微雨，湖海边把天下事论得风起云涌。

在那里，常见到雷达老师。

当然，此前也是认识的。雷达之名如雷贯耳，彼时他正当盛年，激扬文字，论断天下文章，其气盛，其言宜，小子如我，望之如天边之云。忽一日，水淋淋爬上岸来，一抬眼看见一人，看来看去，莫非是雷达？只觉得他是按下云头，落到了凡间。

在湖边，和雷达谈了些什么，现在全忘了。肯定没谈过文学。或许是，谈谈身体、谈谈水、谈谈他甘肃老家的土和山。

二十多年过去了，有一天，雷达老师来电，命我为他的新书作序。雷达之命不可违，但心中实在惶恐，点一斗烟压压惊，心想，写就写吧，雷达是师长，又是忘年之交，太熟了有些郑重的话平素反说不出口，正好借这一篇序，略表我对雷达老师的敬意。

90年代以来，批评家分了两种，一种是学院的或学术的，另一种是现场的或实践的。个中分殊一言难尽。但若说到后一种，我首先想到的便是雷达。

雷达是现实主义的坚定捍卫者——但绝不仅仅如此，在中国社会和中国文学的巨大转型中，雷达执着而雄辩的论证，为现实主义开辟了广阔的空间。

对雷达来说，现实主义是信念，但信念不是教条，而是世界观和方法论，是推动变革和创造的实践活动，它不是为了规范世界，而是为了认识和改造世界。

雷达正如“雷达”，他从来宽阔灵敏，谛听天地消息，随时向着新鲜经验开放。多少年来，我不知读了雷达多少文章，不知听了他多少次发言，我当然不是每次都同意他的观点和论断，但是，我从来不曾认为雷达是停滞的、封闭的，他从来不曾失去敏锐的现实感，从来不曾失去与时代、与生活、与当下的文学写作对话的能力，他从来是勇猛精进的，他是不老的猛兽，立高冈之上，尽览风行草偃。当他为他之所是申辩时，机敏周详、令人折服，当他向着他之所非而争辩时，他是谨慎的，又是严正的。

他不是不知道，文学批评的观念和方法自80年代以来经历了几番更新换代，在我的印象中，他一直有广博活跃的知识兴趣，但他从未放弃、一直坚持马克思主义的历史的和美学的原则和方法，对他来说，这关乎文学和批评的本质。他当然不拒绝方法与时俱进的丰富和扩展，他一直为此做着艰辛的、卓有成效的探索，但是，他从未动摇他的原则——他常常让我想起哈罗德·布卢姆，另一个倔强、固执的老头儿，他们之所信有很大不同，但他们在捍卫所信时的自信、坚定和权威却非常相似。他们都在急剧变化的时世中守护着传统并赋予传统以活力，他们的气质都是既强健又忧伤——是的，雷达竟是忧伤的，他有孩子般的脆弱和天真，在他的底部更是暗藏深悲，唯其如此，他的所信才获得了富于张力和深度的生命经验的支持和充实，他所捍卫的才不仅仅是理论的教条，而是人为争取自由、真实、善美的全部历史斗争和文学表达。

——正因如此，雷达始终是在现场的批评家，作为同行，我时常惊叹他的阅读之广、他的思考之深。他是真心诚意的，从不苟且从不凑合。他不是不知疲倦，我都常常替他感到累，但是，我想我是懂他的，我能够理解像他这样一位批评家永不衰竭的激情，他对自己有严苛的要求，他肩负使命，他那一代批评家的心里都曾有过来自“别车杜”的召唤，而雷达，他把这种召唤变成了个人持守不渝的使命。

也正因如此，雷达成为了对二三十年来中国文学的发展产生了清晰的、可以明确辨认的有影响的批评家，他有力地参与了文学对这个时代的认识和回应，有力地参与塑造了这个时代的文学观念和创作风貌，由此，他证明了马克思主义和现实主义批评传统的强大活力。

二十多年前，在什刹海，我曾和雷达一起游泳。水深不知底，阴险的水草有时会蓄意拂过身体。每年夏天，这里都会有人溺死。我知道这是危险的，惊慌和恐惧会忽然攥住你的腿、你的心肺。这时，在恐惧的时候，我看见前边，雷达在游着，他从容安然，他如同湖心之洲。

多年来，我一直认为，雷达在文学批评中如同地平线、如同海岸线，对我来说，无论走得多远、游得多深，抬头看，雷达在前边，回头看，雷达在岸上，这时，心里是踏实的。

为此，感谢吾师雷达。

谨序。

2017 年 11 月 13 日凌晨 1 时

向理想而去

——李云雷《如何讲述新的中国故事》序

作为批评家，李云雷清晰、坚定。所谓清晰，说的是，几乎从批评生涯的一开始，他就自知，他的立场何在。他之所在，正在这本书的题目里，是的，是“中国”，作为历史的、实践的、价值的和审美的主体的中国。

“中国”作为立场、观点、方法，近些年来已成普遍自觉。在文学中，这种自觉既取决于一般历史条件的变化，也是对上世纪80年代以来主流文学观念的反思。莫道君行早，更有早行人，在这条思想之路上，早行人中有一个云雷。这本书里，作为书题的一篇《如何讲述中国的故事》，发表于2006年，其中不仅使用了“中国故事”这个概念，而且在他的论述中，我们可以看出，他的问题意识正在中国主体性的建构和创生：

“中国作家能否在瞬息万变的现实中，书写出独到的中国经验与美感，不仅是作家个人能力问题，同时也是一种‘文化政治’。这涉及一个民族是否具有自我认识、自我表述的能力，并能在文学中加以表现的问题。而在这样的表述中，我们是将自己的故事融入西方文学的叙事体系中，成为一个补充或附庸；还是别开生面，寻找到一种新的叙述艺术，充分表达中国人的情感？”

“当代中国知识分子和中国作家必须要考虑的一个问题是，‘如何在全球化的背景下保持文化的自主性？如何让价值的、伦理的、日常生活世界的连续性按照自身的逻辑展开，而不是又一次被强行纳入一种世界文学主流的话语和价值体系中去。’（张旭东语）”

“文学上的‘中国道路’，正与社会现实中的‘中国道路’一样，既应该突显自身的独特之处，也应该对世界秩序造成根本性的挑战，使之更趋公正、合理，而不应该以既定的西方标准来加以衡量。但在这里，我们并非是简单地以‘民族性’来否定‘普遍性’，而是希望在‘民族性’的现代化转型中，能发展出自己的‘普遍性’，这既不同于传统的‘民族性’，也不同于现存的‘普遍性’，而是一种全新的创造，是在‘民族性’与‘普遍性’的相互融合中，创造出多元文化中的一种。这是一个全新的‘中国故事’，也需要新的讲述‘中国故事’的方法。”

——大段照抄，因为这些写于十多年前的话至今大致有效。云雷所提出的问题、他所怀的期待如果说在当日还显得寂寞清冷，那么从那时起到现在，风云默运，已是大势昭昭。

从那时起，云雷几乎没有什么改变。我回忆了一下，2006 年我应该见过云雷，却想不起第一次见他是什么时候和什么情形。总的来说，很长的时间里，我的印象是，这个年轻人身上竟有一种凛然，一种硬度，这使他在同龄人中间特立独行。凛然不是狂傲，我当然见识过年轻人的狂傲，但云雷之凛然只是天性端方，他的话不多，亦无攻击性，对他来说，与人争论很可能是一件不得不为的难事。当然，我的印象也许不可靠，他或许只是在年长者面前存着礼貌，但读他的文章，也能看得出，云雷厚道，他对很多作品直言批评，但从来都是诚恳的，没有炫耀和傲慢，我想，即使是被批评者也不会从他的话中感到恶意，他只是坦诚，说真话，讲道理，而且他总是在更大的社会历史背景下寻求理解而从不简单地对作家个人横加判断。

这样一个人，他的凛然和硬是一种精神气质，他真的相信自己之所说，在很久之前（在这个时代，十余年前就是很久了），他已经选定了自己之所信，而且这份信有着坚实的历史和理论根基。假设每个批评家的心中有一个王国，很多人的王国乱七八糟，是个杂货铺子，而云雷的王国一开始就是秩序井然、目标朗然。其中包括一系列相互联系的元素：对中国现代以来历史道路的认同，对中国革命和社会主义的认同，对中国新文学传统和左翼传统的认同，相应地，他对上世纪 80 年代以来的主流文学观念持反思和批判的立场，他坚信文学对现代民族国家所负的责任，他把这视为文学的光荣，他对作为历史和实践主体的人民和民众抱有信念，对现实主义抱有信念，他坚信中国在全球化世界中必须建构和创生自身的主体性，所有这一切，使他心中的“中国”和“中国故事”成为社会和美学理想，既是历史的，又是现实的，更重要的是面向未来，敞开着新的广阔可能性。

——这一切，十多年来都没有什么改变。他如此清晰和坚定，这使他成为了站在这个时代思想前沿的一个批评家。

云雷必也时时感受着理想和现实的落差。他关于“中国故事”的论述包含着对这个时代复杂经验的充分理解。是的，他不是一个封闭于抽象理念的人，他忠实于现实和真实，而且他确信，抵达这现实和真实必须付出艰苦的努力，必须有勇气，有强大而审慎的思想能力，还要有改变世界的行动激情。但读完这本书，我还是觉得，他可能一直苦于没有足以与他的理论相匹配的作品。他走在了时代的前边或后边，在后边使他具有历史感，由历史感而生的现实感使他走在前边。他为自己确立了一个理想向度，也同时是一个批判立场，在这个视野中，一切作品皆处于残缺的、未完成的状态，所有的一切都是某种中间体，是向着一个可能的理想状态的过渡。

——这恰是一个目光高远的批评家注定承受的。正是这种中间、过渡，使他获得批评的自我意识，使他坚定、清晰。

在昨夜，重读了《在延安文艺座谈会上的讲话》。我想，云雷于此肯定也反复读过。其中一段话，在新的阅读中忽然产生了新的意义，纷至沓来：

“人类的社会生活虽是文学艺术的唯一源泉，虽是较之后者有不可比拟的生动丰富的内容，但是，人民还是不满足于前者而要求后者。”

（这个时代的作家正在惊叹，真实超过了虚构，现实胜过了小说。多么天真可爱：什么时候，文学竟可以大过人类的社会生活了？）

“这是为什么呢？因为虽然两者都是美，但是文艺作品中反映出来的生活却可以而且应该比普通的实际生活更高，更强烈，更有集中性，更典型，更理想，因此就更带普遍性。”

（可以而且应该，更典型、更理想，因此就更带普遍性。）

“革命的文艺，应当根据实际生活创造出各种各样的人物来，帮助群众推动历史的前进。例如，一方面是人们受饿、受冻、受压迫，一方面是人剥削人、人压迫人，这个事实到处存在着，人们也看得很平淡。”

（“这个事实到处存在着，人们也看得很平淡”，文学将社会的无意识唤醒为意识，把很平淡的、到处存在着的“事实”呈露出来。）

“文艺就把这种日常的现象集中起来，把其中的矛盾和斗争典型化，造成文学作品或艺术作品。”

（“日常的现象”，隐没于生活世界的现象，“矛盾和斗争”，恩格斯所说的“隐秘的结构”，把它典型化，化为被意识的对象或“事件”。）

“就能使人民群众惊醒起来，感奋起来，推动人民群众走向团结和斗争，实行改造自己的环境。”

（惊醒或本雅明式的“震惊”、感奋，团结、斗争，革命美学中内在地具有实践向度，它导向主体的觉醒，导向历史的创造，导向改造自身与环境或世界的斗争。）

——在中国的历史语境下，作为社会、精神和美学的革命的文学，这段话说得凝练而彻底。抄下来，与云雷共思之。

2016年5月20日夜初稿

5月21日午间定稿

岳雯小记

话说六年前，2008 年，我刚接手《人民文学》，编辑部里老人陆续退了，便张罗着四处物色新人。人问：要个什么样的呢？我想了想，也没多高的要求，要聪明的、能干的，坐得住案头，出得了厅堂的。众人皆笑：这样的人哪里找去？

是啊，中国最不缺人，但事到临头，你常常感到最缺的就是人。但话说回来，合适的人终归是有，看不见和想不到罢了。那日，又为此事发愁，恰好杨泥进屋来，笑问："愁啥呢？"备细一说，杨泥拍掌笑：现成就有一个，怎么没想起来？

谁？

小岳雯呀！

是了是了，这人却在眼皮子底下，就是创研部的岳雯。

其实，我到那时为止也并不熟悉岳雯，只是有一度文联大楼装修，《人民文学》搬到作协楼里借住，出来进去，见面招呼而已。但人之识人，有时也真是没有道理，刘备找诸葛亮，连个面还没见，凭几句忽悠就中了蛊般起劲，往好听说，是直觉，说难听点，就是病急乱投医。我那日一听岳雯，想也没想，只觉得就该是她，连忙让杨泥说去。

谁知，杨泥去说了一回两回三回，只是顾左右而言他，今天天气真不错。

看起来，我不是刘玄德，岳雯却是孔明。只好找到作协楼上，当面去请：能否屈尊下基层，来我《人民文学》共谋大事乎？

岳雯脸通红，后来我知道，此人的特点，眼里揉不得沙子心里装不得事，一有事就大红：那个，当然《人民文学》也挺好的，可建功胡平都对我挺好的，我实在是不好意思——

当然就是不然，也挺好的就是不太好，对建功胡平不好意思就是对我好意思。我又不傻，听明白了，哈哈一笑：好啊好啊，也是啊，没事儿，以后得多关心我们呢……

此事到此为止。

时光荏苒，转眼又过两年，岳雯安坐如山，我却把办公室搬到了作协楼上，和岳雯成了同事。再过三年，那日在食堂，岳雯过来坐到对面，先夸了领导的气色，然后做欲言又止状，再然后图穷匕见：领导，给写个印象记呗！

断然拒绝。领导忙你又不是不知道，再说了，这么多人，印象都记起来我记得过来嘛，我又不是印象派。

拒绝归拒绝，但现在我已经知道，岳雯同志的另一特点是，此人湖北女子也。湖北女子千差万别，但大概率事件是，一个个击骨作响响叮当，大事小事，认准了百折不回。

所以，这篇印象记，现在还得写。

重新回到六年前，我不得不点赞一下我的直觉，虽说不熟悉，但聪明、能干，坐得住案头，出得了厅堂，这确实就是岳雯。但毕竟共事三年，更多的印象还是有了，现择其要者列举如下。

第一，天生的文学人。很多人爱文学，或者自以为爱文学，但其实，他们与文学天性不合。文学是智者乐水，有的人是仁者乐山；文学需要对人性、对世界之微妙苍茫有深入的领悟力，有的人以为自己有，但其实压根没有。有没有怎么看出来的？这个也不能一概而论，只能就人论人，总之别人没有的，岳雯有。岳雯是灵心慧性的，听得见松上雪落，看得出羚羊挂角，谓予不信，可参看她的评论。

然后第二，天生的批评家。爱文学的人通常不讲理，又爱文学又讲理，那就只好做批评家了。岳雯之理如利刃，看作品如此，看事和做事也常常如此。她的刀常常比她预料的更快，没办法，刀快由不得自己也怨不得社会，于是就不免常备创可贴，因为她自己也很容易被刀刃割伤。

前边大抵都是天生，然后第三，便是后天的努力：岳雯郑重其事。一事当前，先存郑重之心，这是很稀缺的德性，常见的是，一事当前，先存轻慢之心、凑合之心，活一辈子都是凑合着。岳雯凡事不肯凑合，如临大敌，全力以赴。写一篇文章全力以赴，写一篇公文一边发牢骚一边全力以赴。不肯凑合是因为对自己有严明的要求，她要是上学，一定是学霸，她要是赛跑，必跑到口吐白沫，她要做批评家，一定得是最好的那个。那谁谁谁，你等着！

所以第四，岳雯也累。看上去不累，目送飞鸿，手挥五弦，谈笑风生，若无其事。但手挥五弦是因为弦绷得紧，目送飞鸿是因为鸿飞得高，看上去不累是因为其实比较累。她这么聪明，她有时大概要费很大的劲忍住聪明，她也必定常常地、常常地为自己怎么还没有成为预想中的自己而焦虑。

——对此，我从不劝她。一个老家伙劝一个80后放松是可耻的。就活该累着去吧，你不累累谁啊。

至此，这篇印象记有点像写鉴定了。起承转合，万法归宗，最后总要提点希望。希望当然有，希望就寄托他们身上，但是真说起来却一说便俗，恐为刁钻的岳雯所笑——和这么一个不省油的灯做同事也是很累的。——词穷之际，一抬眼，看见案头上前几日随手抄的几句王维诗：

风劲角弓鸣，将军猎渭城。草枯鹰眼疾，雪尽马蹄轻。忽过新丰市，还归细柳营。回看射雕处，千里暮云平。

——什么意思？没意思，好诗，打算苦苦练字，回头写了送给批评家岳雯。

2014年1月20日晨

批评家之"我"与昆德拉与空间

——关于丛治辰

有两种情况，一种是，你认识这个人，然后读了他的文章你感到失望，他的文不如他的人精彩，或者，他写的不如说的好。另一种，当然是反过来，人没什么意思，但文章有意思。

就前一种情况而论，表明书写对人的规训作用，提起笔来，小皮鞭子不锈钢镣铐一弄儿刑具戒具全摆在了心里。就有那么一位老兄，他是我所见过的口语表达最为精彩纷呈天花乱坠的中国人，仅次于王朔，但是，只要一下笔，立时呆若木鸡。为此我简直是痛心疾首。

话说到这里，我得赶紧收回来，因为此一篇文要谈的是丛治辰，我极喜欢的一个小兄弟。此人有趣，有一点呆萌，有一点拉伯雷式荤素不忌的小放荡，当然还有若干点的聪明、机灵、山东人的诚恳和貌似诚恳，这些点加在一起，你一定是喜欢他的，你对他的文章也一定满怀期待，所以按照一开始的行文逻辑，似乎我接下来就要说，他的文令人失望。

不，我不失望。我花了两天时间，认真读他的文章，读的时候满怀期待，同时怀着一个老前辈的满满的不厚道，随时准备挑毛病，挑到了毛病心欢喜，但尽管如此，我最终还是要承认，这个年轻人，他不属于上述两种情况，他是第三种情况。

丛治辰的博士论文是《现代性与社会主义城市建构——1949年后文学中的北京想象》。厚厚的一大本，我翻了翻，没有细读。“现代性”“社会主义”，“城市”之“建构”，“北京”之“想象”，我大致能够想象出一个2013年毕业的80后博士在这一系列的概念所规划的路径中会怎么走，他的目光甚至语言，他会看到什么和走到哪里。

翻了翻，他确实谈到了“大院”，由此谈到国家空间与城市空间的对峙与隔膜等等等等。他说得都没错，但是，北京这个城市在历史中展开的空间复杂性可能既超出了他的经验范围也超出了他所运用的理论框架。我在北京生活了三十五年，坦率说，我几乎根本就没有意识到“大院”的存在，京西对我来说遥远得像外国。当然，我不能把井口当成天，但是，在翻着他的论文时，那机巧复杂的论述固然令我敬畏——这些年轻人，你没办法和他争辩，他不是他自己，他就是一支武装到牙齿的学术军团，可是另一方面，我又觉得，他太把那些“文学想象”当回事了，或者说，那些“文学想象”本身就需要被对象化，纸面上的“建构”和人的真实经验与内在空间常常不是一件事。

好吧，经验，这大概是我面对如今的年轻博士们时仅有的自以为优势尚存的地方。在知识生产中，经验的作用大概相当于身体里的那口气，平日你意识不到它的存在，但那口气断了也就剩不下什么。唐弢青年论文奖的评选中，博士们论述种种事件和现象，资料详赡，学理井然，但作为一个长期身在文学现场、长期身在体制之中的人，一堆论文看下来，我有时直觉地知道，有的分析和结论靠不住，离实情甚远。资料下面，是复杂含混的人心，不能或不愿形诸文字，若对人心无感觉，所能摸到的大抵只是皮毛。

当然，我知道合规范的论文是怎么写的，那不仅是双规，是 N 多规之下的书写，无论是他人还是自己的经验都很难合法地带进铁窗。所以，从治辰鸿篇巨制的博士论文我懒得细看，倒真是花功夫读了他那些散碎文章。

《选择与遮蔽：文学史叙述背后的文学现场——以〈棋王〉为样本或以文学寻根为样本》，“本文写作的目的，即在于在文学史的叙述之外，尽量还原一个充满变量的生动历史现场，以求对寻根有更多面和可靠的知识，至少能对文学史提供的知识有所补充。”①——他达到了目的，他撬动了文学史叙述的光滑表面，刁钻地看出现场中人在“历史”中的自觉和懵懂、盘算和机变，看到时势造英雄、英雄造时势，其中步步都有阴差阳错和将错就错。

比如，关于 1987 年施叔青对阿城的访谈，从治辰写道：

“此时离 1985 年已经两年，自阿城于 1985 年底去国赴美，两年里我们再没有听到阿城的发言，而此时再发言，让我们感到阿城又是一变。施叔青问：‘从发表《棋王》之后，评论你小说的文章，大陆、

---

① 《选择与遮蔽：文学史叙述背后的文学现场》，《上海文学》2012 年第 8 期。

香港、台湾陆续不断，这些评论对你有用吗？你看了以后觉得怎样？'阿城回答道：'我看了以后，觉得就是他们在说自己的话。'说此话的阿城大概已经忘记了当初自己是怎样犹抱琵琶地一起加入到对自己作品的定位当中，并写出了《遍地风流》那样一批作品。大概因为旅美生活让他远离了中国大陆文学现场，此时阿城确实已没有当初的创新之焦虑，因此就能如此从容应对问题。这篇访谈中尤其还值得注意的是这样一段回答：'《棋王》发表以后的评论，我多多少少看过一些，几乎都没有提到第一人称'我'，只有一个季红真提到。《棋王》里其实是两个世界，王一生是一个客观世界，我们不知道王一生在想甚么，我们只知道他在说甚么，在怎么动作，对于一些外物的反应，至于他在想甚么，就是作者自己都不知道，怎么体会呢？另外一个就是我，'我'就是一个主观世界，所以这里面是一个客观世界跟主观世界的参照，小说结尾的时候我想这两个世界都完成了。'这是阿城在此前的自我评价里从未提到过的新的批评向度。""阿城究竟在写小说时有没有这样一个第一人称的自觉，我们难以判断，但是值得我们考虑的是，阿城为什么偏偏在这个时候提出人称的问题而不是此前或此后？不能忽视的是当时的时代背景，1987 年，这正是先锋派文学在各大文学刊物抢滩登陆的时候，而人称问题是什么？人称问题就是叙述问题，是文学自主性问题，是先锋派。"①

---

① 《选择与遮蔽：文学史叙述背后的文学现场》，《上海文学》2012 年第 8 期。

——大段引述，因为实在精彩。字里行间，我看出的是丛治辰的“我”，眼贼、狡黠，甚至有表情和口气，纸面上的材料，被他飞针走线，活活指到了当事当时人不会形诸文字甚至没有明确意识的层面。

这样一个“我”，对批评家至关重要。无论对人对事还是对作品，批评家的“我”摆进去，就不仅仅是资料和学理，资料和学理是他的力量而不是规训他的力量，这个“我”有可能把他引向难以测度、难以被定见所囿的人类经验的复杂之域。

在《80后写作观察》中，“我”大张旗鼓地出现：

“那时还在中学里埋头苦读的‘80后’们，大部分都还没有想过自己和‘文学’会有什么关系，直到郁秀的《花季·雨季》出版。”接下来，“当时正读初三的我是在家乡小城的新华书店里发现它的……”①

——此时，那个小小的胖子，他在那个杂乱的书店里游荡，他想必不会想到，在若干年以后，此时的他会成为一种正在形成的历史意识和历史书写的一个见证者，这种意识和书写由此带上了个人的气息，迷茫，不确定，有限但好就好在有限。

正是在这个意义上，我信任丛治辰对韩寒和郭敬明的分析：

“而他第一次出镜，在央视的《面对面》节目与好学生的代表对

---

① 《80后写作观察》，《悦读 MOOK》第16卷。

话，摄像机有意无意捕捉到的细节总让我记忆犹新：不管他舌战群儒何等威风，毕竟仍是个不满二十的少年，两只手神经质一般的小动作，究竟意味着他怎样的心理活动？不仅韩寒，那些因为种种原因跳脱一般少年成长历程，将成功的希望寄托于文字才华的80后作者们，又是以怎样的心态面对所谓的主流话语和自我认同？'什么坛到最后也都是祭坛，什么圈到最后也都是花圈'，真的那么洒脱吗？”①

“如果我们还记得郭敬明卷入《梦里花落知多少》抄袭案时，狂热的粉丝在网络上大力声援，称'即使小四抄袭我们也爱他'或'虽然我们小四是抄袭，但是抄得比你好看'，我们就该明白，不但作者已非传统意义上的作者，读者亦非传统意义上的读者了，他们只是文化产品的消费者，是大众偶像的追随者。而我们谈论郭敬明及其作品的时候，就显然不便再以传统文学的眼光去审视，而更应该关注，究竟是何种因素造成了他的畅销？而其作品中造成其畅销的各元素，又如何症候性地呈现出这个时代和这一代人的面影？”②

我喜欢这些问号，因为正是这些问号把我们带向悬而未决的人类生活现场，从而使所有确定的说法被对象化。

丛治辰师从陈晓明先生，实际上我对晓明先生比对丛治辰熟悉得多。我曾在无数场合见识晓明兄的理论炫技，那是庖丁解牛啊，他总是漂亮的，总是敏锐敏捷的，总是能从最出乎意料的部位下刀，干净

---

① 《80后写作观察》，《悦读MOOK》第16卷。
② 《80后写作观察》，《悦读MOOK》第16卷。

地完成解剖。这就是理论的魅力，让你知道牛是可以这样杀的，而当你知道牛的另一种精巧的杀法时，你对牛的认识也就得到了更新。从治辰是陈门高徒，这差不多确保了他不会杀出满身血来——顺便说一句，杀出一身血的评论家也很多，我觉得他用了那么大力气，只是为了证明他对某种杀法的忠诚，有时候牛都没了，他还在动作着，他的老实会让你忍不住心疼。——在面对具体作品时，从治辰反复表达了一种态度：重要的不是作家发现了什么，而是他如何以小说的方式发现了它。这不仅是态度，而且是方法，这种方法听上去如此简单，但在批评实践中极具难度，对相当多的批评家来说，重要的恰恰仅仅是作家发现了什么，而作家所发现的也不过是批评家已经知道的东西。这不禁使人怀疑小说的价值何在，如何它的价值仅仅在于最终翻译为我们能够用学术话语、用另一种散文明明白白说出来的道理，而且即使它不说我们其实也知道，那么，它究竟有什么价值？

而丛治辰坚定地认为，小说家如何说至关重要，批评的职志就是发现小说之所以为小说的那些东西，面对着经验、理论、现实，小说家的虚构应该为这个世界增加了一些不可化约、不可翻译为等值之物的东西，批评家的职责就是认识它，据此出发去考验我们的知识和成见。

在这方面，丛治辰深受昆德拉的影响，他对小说的价值、伦理和能力的信念几乎完全来自于昆德拉。他说过：“对于执掌权力的理性世界而言，小说就是这个时代的疯狂之物，是始终难以加以规训的。

这就是为什么米兰·昆德拉总是强调要用《巨人传》中庞大固埃的大笑与狂喜，来反抗缺乏幽默感的冷硬世界。在理性主义的古老修道院中，小说让我们撕开修道院坚固的砖瓦，从厚实的围墙上找到一丝缝隙，洞察这个世界秘而不宣的秘密，并获得隐秘的属于疯狂的快感。”①

我很高兴和丛治辰有一处共同的背景，我承认，我同样深受昆德拉关于小说艺术的论述影响——虽然我其实不喜欢昆德拉的小说，关于小说，昆德拉所说的比他所写的更好。——对于被庞大的现实追迫着，几乎注定以重力加速度滑向各种形式的简单反映论的中国批评家来说，昆德拉提供了一个坚实的支点，这个支点不仅证明了小说在现实面前可以自立，而且证明了小说是现实之中的一种能动力量。

所以，丛治辰本能地喜欢难以界定归类的作品：宁肯的《天·藏》和《三个三重奏》，格非的《隐身衣》，马尔克斯的《我只是来打个电话》，张大春的《城邦暴力团》，而相比于《古炉》《带灯》，他独致意于贾平凹的《老生》。所有这些小说都近于昆德拉所说的那种复杂的小说精神，都证明着小说艺术远比笛卡尔所表征的理性传统更能帮助人类将“生活的世界”置于永恒光芒之下。当然这些小说也对批评家构成了挑战，而丛治辰通常表现得游刃有余。有一次在酒桌上，我戏称他是“丛空间”，这不仅是指他的博士论文研究空间政治

---

① 《究竟什么是魔幻现实主义？——从〈我只是来打个电话〉重新理解马尔克斯》，《南方文坛》2014 年第 5 期。

和空间意识形态，更是指空间分析对他来说既是理论路径，也是审美方式，对宁肯、格非、张大春、贾平凹，他都是从空间入手，抽丝剥茧、探幽入微。他对《文明小史》的分析[①]更是由空间意识钩沉出小说于无意当中暴露的群体意识，在我的眼目所及中，可说是对《文明小史》和晚清小说的一种别辟蹊径的阐释。

对空间的执迷，也未必全是学术训练的结果，这也是性情，是世界观。也有人坚信时间，时间所代表的逻辑、历史、整全性和意义的自洽。而一个执迷于空间的人大抵是好奇的，空间必有幽处必有意外，必有裂隙必有阻隔，必有远方和更远方，这几乎就是一种信念，这种信念既是对小说艺术本性的把握，又是对生活世界的礼赞和沉迷。爱时间的人，爱时间的流畅和方向，爱空间的人，爱空间的歧路多端。也正是在这里，丛治辰的学术背景与他的“我”、他的性情完全融合。

当然，爱空间的结果就是你必须承认有限性，承认人很可能把路走错。比如丛治辰对赵志明的分析[②]，全情投入，他真的喜欢这个作家，但是，在我看来，这里发生了一个很有意思的错误——好吧，在昆德拉或空间狂来看，这也许不算是错误，反正没人规定你必须走哪条路才能抵达天安门，但问题是丛治辰显然选择了长安街，他在当代

① 《现代性与主体性的探求、错位与混杂——作为一代知识分子心史的〈文明小史〉》，《新文学评论》2012 年第 1 期。

② 《抽打这个世界，并刺下印记——赵志明论》，《百家评论》2014 年第 6 期。

文学的乡土叙事的背景下阐释赵志明。我其实没看过赵志明的小说，但是，在丛治辰的分析中，我差不多一眼辨认出赵志明的真正背景：那恐怕和乡土叙事真没什么关系，那只和赵志明所在的江苏和南京在上世纪 90 年代以韩东为核心的“他们”有关，看起来赵志明更像是一个至今坚持着“他们”道路的小说家，而由于“他们”是一个在新世纪文学中被搁置和遗忘的微小文脉、一段阻塞废弃的毛细血管，赵志明在丛治辰这样的 80 后批评家看来，就变成了一件相对于乡土叙事传统的新事。

好吧，我很高兴告诉热爱空间的丛治辰，还有你所不知的所在。顺便说一句题外话，90 年代文学的很多因素，它曾经探索、曾经打开的很多可能性在当下几乎等于曾不存在。博士们、硕士们、同学们，我认为，这里其实潜伏着很多做论文的好题目。文学史需要遗忘，文学史也必须不断地反抗遗忘。

现在，回到开头，谈谈丛治辰所属的第三种情况。他的文章固然是好的，但是，他真正精彩、尽显才华性情的文章还没写出来。这就是第三种情况，你看着这个有趣的家伙——

他乐于把“我”拿出来、放进去，这样一个批评家一定不仅有头脑，还有身体，一个有身体的批评家一定忍不住在文章中的兴致勃勃和妖娆多姿。

同样地，一个有身体的批评家几乎一定是昆德拉的朋友。昆德拉最喜爱的庞大固埃是一个胖子，丛治辰则是一个小得多的胖子，这样的人对于规训和逻辑和理性抱有天生的乐呵呵的不信任，有一种天生的酒神或酒鬼精神，他没法把话说绝说尽，因为他在那样说时一定忍不住笑场。所以他一定会成为一个空间狂、一个在躲猫猫的游戏中不断探索世界边界也不怕把自己弄丢的人。

在这么多“一定”之后，我要说，一切还在未定之天，治辰仍须努力。

2015 年 6 月 23 日晚改定

“统”与“通”与“推”

——关于刘涛

刘涛此人，其生也晚。他若生在晚清，必是康梁门下，做一番维新保皇的大事。再往前生两千年，生在汉代，他便是个经生，那就除了毛诗还有刘诗，或者《春秋》另出一部刘传。

我的意思是，刘涛的禀赋、根底、品性，其实都更近于古。如此一个古人生在80年代，到如今又做当代文学的批评，这是一件有意思的事。

认识刘涛，算来已有八年。他的文章其实并不曾多看，只看这个人，觉得端端正正。没有飞扬浮躁，没有小机灵小机巧，行得稳、靠得住。这样一个年轻人，自然是上进努力的，我知道他读了很多书，写得也多，所以，前些日刘涛来电，嘱我为他在《南方文坛》的《今日批评家》专辑写一篇文字，虽是俗务缠身，想了想终不忍拒，而且也正好有个契机，迫着自己向年轻人学习。

然后便是做功课。刘涛寄来一包书，打开一看，五本之多。细细读了两本，一本是他的博士论文《晚清民初“个人—家—国—天下”体系之变》，另一本是评论集，关于70后作家的《瞧，这些人》。其他各本只好大略观之。

读《体系之变》吃了一惊，原知道刘涛读书多，而且是个读古书的，却不知他读的如此多、如此深。晚清民初一段思想史，是话语场上熟透的话头，但就我而言，其实也是人云亦云，并未系统地下过功夫。刘涛以“个人—家—国—天下”为经纬将那一段梳理一遍，脉络历然，井井有条，这对我正是忽然开了方便法门，只顾了圈圈点点、抄抄写写。

掩卷谈谈体会，大略言之，晚清时值天坼地裂，所谓三千年未有之大变，诸贤要在全新的相对性世界图景下为中华民族另寻安顿，所谓制礼作乐，在当时固然是当局者迷，各凭己意，于黑暗中摸索，但事后看来，原有的“个人—家—国—天下”体系的瓦解以及种种重建方案，确是一个根本的着力之处。刘涛的分析或许还不够精细体贴，但纲举目张，大气魄里自有大气象。

由这本书也能看出了刘涛迥异同侪的兴趣和根底。谈晚清、谈康梁，都免不了要回到道统中去，特别是公羊学、《大学》《礼记》等等，而刘涛给人的感觉是不以为苦，反以为乐，此间乐，因为此为家。他与原典之间自有一种会心，气息相通，所以，这些于他不是“知识”，而是由知识而为生命的根底。当然，也看得出他受了刘小枫进而受了施特劳斯、施密特的影响，而以刘涛持重之性，受人影响绝非等闲事，恐怕多半是一辈子的事，从此施氏之希腊，便是刘涛之先秦。

刘涛的为学路径后来便一目了然。他接连出了两本文集，总题都是“通三统”，这是公羊学家的说法，也是康有为当日写《大同书》的志向，说起来巍巍乎大哉。刘涛存其大而取其小，他所谓的“三统”是晚清、民国、当下，或者说，近代文学、现代文学和当代文学。他说：“今天的诸多问题发端于晚清，欲理解现在或可回溯至晚清，欲理解晚清，亦可看现在的状况。”①他是希望跨越学科界限，打通近代以来的文学，在近代和晚清以来中国生活和文化巨大转型的视野中看取、衡量和估定种种文学现象的价值和意义。

如此架构和眼光，说起来理当如此，真做起来甚难。眼目所及，当代文学批评中，特别是在具体作品的批评中能够贯彻此意的，实在不多。做得好的，更不多。我猜测，刘涛是有一种舍我其谁之感的，当仁不让、自强不息，咬定青山不放松，管他东西南北风。对晚清、现代，他本就用力甚勤，近几年，却花了大功夫读同代作家的作品，写了很多文章，以至于黄德海话里有话说：“志向的要求大，学术的堂庑深，时代的格局广，自身的要求高，有时候便不免会显出现下的作品小、浅、窄、低，人物一路弱下来，有些几乎填不进这个庞大的建筑。我在想，刘涛会不会有足履的不适之感的？”②

——其实德海自己也没少评“现下”的作品，他的话专对刘涛而

① 《“通三统”》导言，《“通三统”——一种文学史实验》，云南人民出版社2013年11月，第7页。

② 《访落集》序，《访落集——文学史“通三统”二编》，中国言实出版社2016年6月，第2页。

说，其实是点出了“通三统”的一个意料之外和之中的困局。谈晚清、现代，水落石出，龙腾虎跃。而一路下来到了现下，海水尚未退去，撒一张大网，鱼鳖虾蟹皆在焉，有时难免会觉得是以屠龙之技行庖厨之事。

但话说回来，刘涛做此事，本来先怀了一份齐物之感。龙也罢，虾也罢，他的目的本不在大小高下，龙与虾各有消息，以观民风、以察世变，正不妨齐而观之。

所以真正的问题是如何“通”。在这方面，逢到刘涛忽然兴起，那便是曲径通幽。

比如，他谈朱文颖《莉莉姨妈的细小南方》，谈着谈着从朱文颖那个与历史疏离的苏州忽然荡出一笔：

> 苏州一直是全国经济、文化中心，引领潮流，国人对之无限向往，可举两个文学作品中细节作为旁证。一、李劼人《死水微澜》中成都人形容物之“低调奢华上档次”所用语为“苏气”，可见当时苏州在中国的地位。俗语所谓“上有天堂，下有苏杭”，亦可见一斑。……二、韩邦庆《海上花列传》中妓女出长台时，总放风出去说，回苏州老家，以此自重，抬高身价。但太平天国起义之后，苏州被大兵篦过几次，哀鸿遍野，元气大伤。富商巨贾多迁居上海，苏州南京遭受重创。费穆《小城之春》写苏州往事，大战过后，苏州一片废墟，满目疮

痪，让人叹息。①

——这便是“通”。于若无其事之间点出了朱文颖笔下个人的“细小南方”其实还应该放回历史语境中见出它的“庞大”。

也正是在这批现下作品的评论中，刘涛让人看出了他的“古人”风骨。这个“80后”，原来是以道统自命的，平时恂恂如也，但关节处常常是一语封门，毫不假借。

比如关于杜拉斯：“杜拉斯不重视‘年龄’，岂可也，少年做少年之事，有少年之戒，老年则有老年应行之事与戒，否则贻人为老不尊之口实。”②

比如谈到金仁顺的《桃花》《梧桐》，“母女乃人伦之大者，但小说写母女之间的故事真是千奇百怪。人走正途，取道中庸，则人不偏颇，性情亦平正，而一旦不走正途，千奇百怪的事都会发生。”③

又比如，谈到李浩《如归旅店》中父亲的议论：“无论来不来（按指日本人），我们都得过日子，我们不能让如归旅店垮掉。”刘涛正色道：“民间社会超脱，但这个观点不能轻易说，否则容易为卖国主义张目。”④

① 《两个时代，一种精神——读朱文颖〈莉莉姨妈的细小南方〉》，《瞧，这些人——“70后”作家论》，北京大学出版社2013年6月，第59页。

② 《〈情人〉在中国的一种流变——读安妮宝贝〈告别薇安〉》，同上，第39页。

③ 《先锋、历史、现实——金仁顺小说的三个关键词》，同上，第72页。

④ 《“或者鼹鼠，或者飞鸟”——李浩论》，同上，第82页。

诸如此类处，绝非一般的社会学批评或道德批评。刘涛所站的其实是孔孟、《毛诗》《公羊》的立场。截断众流，回归本原，此其志也。他哪里是要通晚清到现下的“三统”，直是要通到这个民族最初的“制礼作乐”上去。而他所关切的也不仅是文学，终究还是世道人心，是从个人到天下如何安顿。

大雅久不作，吾衰竟谁陈。刘涛原是走着一条寂寞艰辛的路。前几日读胡兰成致唐君毅的信，二人为学取径渐有分歧，胡写道：

> 窃以道有微有显，故孔子言仁，必有事以表之，而孟子亦言性必及命，仁义常并举，此所以能推，且皎皎与世人共显见也。自宋儒始多言性理，虽亦言推，而亦惟言推之理，罕言推之事，遂自成一理学，然彼时矫佛学之余弊，盖有不得不然者，且彼时历史典章文物之正，可与万民显见者固具存，故虽理学中分派别，但一般人则对于无论朱陆之言皆能无惑，以为皆是对的。而今日则不然。清末以来，典章制度皆变动未成定，乃至对历史及眼前事物皆荡失无信，然后更怀疑及于先圣之学，而欲以西洋哲学以代之。故今日哲学，必微显并举，而以显证微，与宋明理学之着力处有同有不同也。①

---

① 《第三十封，1954 年 3 月 27 日》，《天下事，犹未晚——胡兰成致唐君毅书八十七封》，薛仁明编，台北尔雅出版社有限公司，2011 年 10 月，第 144 页。

胡氏其人不可取，其言不无可取。显微之间，确是说到了当日几位新儒家的痛处。窃以为，如何显微并举而能“推”，也正是刘涛这条路的关键所在。所谓推，是推己及人，是推圣人之道而及红尘烟火之世人、而及晚清以来极为复杂的历史经验、而及这个时代的众声喧嚣。此一“推”如推石上山，如引水向上，至难、至苦。但“推”无疑是值得的，刘涛斯人也而有斯才斯志，勉之！

2016 年 11 月 28 日 0 时于国二招

会议室与荒野与豹

——张晓琴印象记

关于张晓琴，回想起来，见面大抵都在会上。所谓印象，也都是印象派之印象，光影朦胧。晓琴是批评家，最直观的印象当然来自她的文章和她在各种会议上的发言。文章我读过，好，但现在写的是印象记，所以只说发言。

批评家生涯，开门七件事，其中一件是开会。开会就要发言，自己的话说完了，剩下的义务就是听别人的话。会有会德，比如从头坐到尾，在下做不到；但在下别有一德，就是倾听。听话听声，锣鼓听音，三人叨叨必有我师，认真听，不仅是对言者的敬重，也是听风辨器、鉴貌识人，如此有趣事，为什么不认真做？

晓琴的发言认真，太认真。你听得出，她必是经过了认真的准备。一个人认真一次不难，难的是次次认真。认真是好品德，对开会的批评家来说更是稀有的好品德，这且不说，要说的是，晓琴的认真里带着一种焦虑，好像她不是在就某部作品或某个问题发表意见，她是一个女学霸终于上了考场。她的表述几乎完全是书面的，她目视前方、目中也没什么人，一身戎装，迈着坚定的步伐，义无反顾地表达深思熟虑、全面完整的观点。

于是，我就有印象了。我的朋友胡平一直宣称他退休后要写一部《研讨会学》，胡平兄退休几年了，这部大作还没出世。研讨会学确实值得研究，研讨会如果是动物园，这里就有狮子、狐狸、刺猬、孔雀、鼹鼠等等，但张晓琴属于稀有物种，在全面完整的观点和书生气的表达下，她既不安又倔强，她看上去有点气鼓鼓的，似乎是，她在应付一场考试，她有必胜的信念，她坚信这是有意义的，她让自己兴奋起来，但同时，她对这个会议室、对这里的一切莫名地生着气，自己也不知自己生的什么气。

晓琴之心在荒野。在朋友圈里，我看到，她驾着车，在甘肃的、西部的山野里野跑。她经常这么干，不是旅游不是度假，是服了药石散要散发，而心里的荒野就是间歇性发作的病。遥想那样的晓琴，她必是自在的，那片大地酷烈苍茫，被亿万年的地质运动和千百年的人类活动所剥夺，这是被漠视、被强行阐释和过度阐释的大地，它一直是一个中间体，一个各种属性、各种可能性的过渡地带，它是走廊是路，它本身从不是终点不是此地，它是那么遥远，站在这土地上，心远地自偏。

——这么说的时候，我也是在想我自己，那片土地和荒野，我曾独自走过，我确信那是理解中国的一个隐秘入口，站在那里的世界观中国观，与北京、上海或哈佛必有重大不同。关于这个问题，我从未和晓琴谈过，我只是看到，那兰州、那金城也不能使她安居，她要一次次地跑，在跑过的地方再跑。

我的意思是，像晓琴和她的夫君徐兆寿那样的人——对不起，谈晓琴似乎很难不谈到兆寿。——他们其实是一种特殊的中国知识分子。他们当然身处全球化的学术生产和交换体系之中，他们是、而且只能是全国一体的庞大学术机制的成员，属于一个学术共同体。在这个体系中，地理位置从来都是重要的，你是身在哈佛或是身在北京上海，那不仅关乎你在一整套权力关系中的身份和资源，它同时也决定着话语策略——我常常惊叹而心疼地发现，越是边地知识分子，越是有一种彻底、热诚的中心感，一种边地化的中心感，他要花很大的力气追平时间和空间的落差，为此他要以一种原教旨的虔诚操弄中心话语，他需要以此证明他的不在本地、不受限于本地的在场。

晓琴是否受此困扰我不知道。我只是觉得她和兆寿，他们在内心深处都还有一种不驯服的在地性，他们都深刻地感知着那片土地、那里的全部历史和生活的具体性，由此产生的问题和焦虑在内部指引着他们。实际上，晓琴也一直在探索着一种以西部为方法的，或者更具野心地说，以西部为中心和出发点的学术路径。但坦率地说，这何其困难，学术的生产和流通、交换机制甚至在下意识里都在抑制着边地的创造。所以，很不奇怪地，他们二人同时都是写作者，一种广义上的写作者，他们写小说、写诗、写散文。当然在这个时代，批评家的越界不是什么新鲜事，但是，我坚信，对晓琴来说，这具有特殊的意义，她在此安放的绝不仅是禀赋和才情的不同方面，而是一种非学术的、反理论的，坚持着在地性的生命经验，一种对于特殊历史和生活的忠诚。

关于晓琴，我还会想起她的猫。那是我高度关注的两个生灵，每见晓琴，不问苍生问猫狗，先要打听两个孩子的近况。那两只猫，一只名叫樱桃，是美妙的，优雅的，萌的，应该是美短或英短，总之是最合中产阶级趣味的宠物；另外一只，我是在晓琴发在朋友圈的照片里偶然发现的，长腿，矫捷，精悍、冷酷，遍体华丽的豹纹，完全不似家中物怀中物，完全是一匹野生动物。晓琴告诉我，那是孟加拉豹猫，的确就是豹与猫的合体，在仅仅上世纪70年代才被人类驯养。我立刻迷上了这只豹猫，它的名字就叫豹子，我确信，那必是一只黑暗的、危险的动物，它有夜的心，在黑暗中纵身一跃，如电如剑，便是鲜血迸溅、生死立判。

——但恰恰相反。根据晓琴对二猫生活状况的现场报道，那只美短或英短，却是活跃的，骄纵如得宠的贵妃，它显然是晓琴家的老大，对天上的鸟和地上的人腿都有不竭的攻击欲。而那个豹子，竟是乖的，安静的，很少惹是生非，都有点憨厚了。

好吧。世界就是这么奇妙。那只豹猫，它也许需要晓琴告诉它，它的故乡在孟加拉丛林中，它的身上运行着豹血……

2017年7月10日凌晨于北戴河

7月10日中午修改定稿

第三辑

家门内外的“亲”们：文学与家庭、社会

——在中韩日东亚文学论坛的演讲

在进入今天的主题之前，我想先讲一个故事。这里有三个人，同龄的年轻人，一个是妻子和妈妈，一个是丈夫，还有一个是他们的儿子。

当然，你们都会注意到，我强调了这三个人同龄，这使人物关系难以成立。请原谅我的故弄玄虚，事情其实很简单：这三个人是高中一年级的同学，妈妈、丈夫和儿子的称呼只是他们之间的游戏。

在故事里，这是一种校园习俗，也就是说，在校园中，除了老师之外，每个学生都有一大群亲戚，比如据我们刚才提到的那位“儿子”说：“我在班里头有两个哥哥，四个弟弟。七班有两个姐姐，十二班有三个妹妹。十五班还有一个舅舅。舅妈是两个，大舅妈在高二（六）班，小舅妈在高一（十）班。”

我想我已经大致说清楚了这是怎么一回事，这让我想起童年时的一个游戏，在中国，我们把它叫作“过家家”，我们都有和邻家的小女孩举行婚礼，一起做饭、养孩子的经历，这是对成人生活的模仿。现在，这些大孩子们，他们扩展了这个游戏，而且有时候，他们会发

现，游戏的寓意远为复杂，它和真实生活的边界变得模糊不清。

这个故事见于中国作家毕飞宇的《家事》，这个短篇小说发表于2007年，收入了很多选本，有兴趣的朋友可以自己找来看，我就不再继续讲下去了。这是一篇混合着幽默、嘲讽，天真而又老于世故的小说，故事在最后变得既滑稽又伤感。我之所以在这里提到它，是因为，它恰好和今天的主题相关：文学与家庭、社会。

对我来说，这是一个困难的主题。我知道“家庭”是什么，但“社会”的所指却远没有那么清晰。在汉语中，“家”是一座房子，“庭”是一个院子，都是筑起围墙，划定一个空间，与外界区隔开来。但是，“家庭”之外呢？当我们走出家门时，我们走到了哪里？这对中国人来说是一个问题。

在儒家传统中，当谈到家庭时，这个由四面墙隔开的地方不仅仅是私人生活的展开之地，除了柴米油盐酱醋茶之外，除了血缘关系、伦理关系和文化功能之外，这个地方还具有一个比喻的维度——它被类比为国家和天下。这种比喻决不仅仅是修辞，在儒家诗学中，赋比兴是审美的，更是伦理的，“比”所牵引而出的是世界的普遍意义。所以，当中国古人说“一室不扫，何以扫天下”时，他们是非常认真的，“一室”和“天下”的关系绝不仅仅是由小及大的类比，从家室到天下，贯彻着总体性的权力结构和伦理秩序。我的一个朋友，陕西作家红柯，曾经满怀敬畏地对我谈起他的家乡岐山脚下的老农，他说，在他们那里，一个年长的父亲处理家事时的深谋远虑、恩威并施就如同皇上。家庭、国家和天下，如同镜像，映照、延展、复制，构成了一幅看上去颇为工整、严密的世界图景。按照这幅图景，一个人出了家门，就直接走进了一个更大的家，这个家的家长和“父亲”是皇帝。当然，我们知道，皇帝也有“父亲”，他是“天子”——天的儿子。

总之，在这里似乎没有为我们论题中的“社会”留下什么空间。

在谈论中国传统时，我们常常有一个“理想国”误区，把圣贤的规划完全等同于古人的生活，或者说，我们会本能地认为古人的世界完全是按照我们所熟知的那些理念安排的。每逢此时，我们就必须提醒自己，在原始儒家那里，一个完善的、秩序井然的宗法制天下，既是来自对西周和周礼的历史记忆，也是一种审美的和书生气的想象，孔子和孟子，他们自身所处的位置，既非家、亦非国，惶惶然如丧家犬，这个“丧”不是丧失而是丧事，但这种“惶惶然”，真确地表达了“绕树三匝，何枝可依”的茫然无助。在孔孟的时代，他们走出了家门，陟彼高冈，四面一望，天下大乱，如同无主丧家，然后就抚今追昔梦周公，想象一个家国天下浑然一体的世界。

但事实是，无论在孔孟的时代还是后来，人们走出家门的时候，并不一定就会碰见官吏、走进作为政治实体的“国家”，他们走进庞杂的人群，发生各种关系、经受各种命运，在家与国之间那个暧昧沉默的地带，为自己想象和建构着某种汉娜·阿伦特意义上的“世界”。

离家出走，这是中国小说最深刻的精神起源。父母在，不远游，但在家的人无故事。从笔记、传奇到话本，早期的小说中，人们很少在家呆着，大量出现的是孤单的行人、旅人、天涯飘零之人，在政治、征伐这些国家规模的人类活动之外，就个人经验和日常经验而言，离家的路不是直接地通往都城和殿堂，人不得不置身旷野或市井。对中国古人来说，这是家和国之间的空旷地带，意义悬置、不确定，和西方早期的小说一样，个人在一个不属于他、也没有打算接纳他的世界上的历险，从此成为了小说的持久动力。

很多年以后，年轻的余华写了《十八岁出门远行》，这被认为是上世纪80年代中国大陆现代主义潮流的代表性作品之一。但是，它或许不像人们以为的那样“现代”，它隐蔽地呼应着传统，余华对于出门远行的意义的寻思和表达与《西游记》《水浒》时代的中国人并无不同：不管“家”意味着什么，走出家门都是面临着不再意味着什么的莫测的世界。

在余华的时代，中国人早已获得了“社会”的概念——顺便说一句，这个词和现代汉语的很多词一样，是从日文中移用过来的。我们都知道有社会主义社会和资本主义社会，“社会”在这个意义上是一整套意识形态、政治制度和经济制度。但在实际语用中，这个概念的所指在不断地暗自漂移，比如现在，它在一般的学术话语乃至官方话语中已经指向家庭与国家之间的现代性的公共领域。而在我的少年时代，人们却把那些游荡于校园之外、出没于街头的大孩子称为“社会青年”，有一度，在官方文书中，那些没有确定身份的人被称为“社会闲散人员”，这种意义上的“社会”，它所对应的并非公域，而是古人曾经面对的那个幽暗地带，我们有时把它叫作“江湖”。当余华笔下的少年孤单地走在路上时，每一个中国读者都明白，他正在走向“社会”，也正在走向江湖。

文学——我在这里指的主要是小说——保存和阐发了普通中国人对世界的理解，这不是理念，而是经验和智慧。和圣贤们家国天下的总体性规划不同，古时的中国人深刻地意识到家门之内和家门之外是两个世界，家门之外不是伦理和政治的国家与天下，而是人世的“江湖”。人在“江湖”，就如同面对自然风涛，常常是孤弱无力的，恰如那个出门远行的少年。也正因为如此，现代的“社会”一词在它的诸种相互冲突的含义中，令人意外地、几乎是下意识地承袭了前现代的“江湖”意涵：在家庭和国家之间，人群的无组织和自组织，在丛林中为互助和生存而形成的关系，以及这种关系中的权力、暴力、忠诚和服从。这一切一直是中国民间生活和民间想象力的基本内容。

于是，话题就回到了一开始，那些校园里的孩子们，当他们唐突滑稽地结成虚拟的家庭和家族关系之网时，我们不免同样唐突地想起《水浒》——林语堂翻译的英文版《水浒》直接取名为《四海之内皆兄弟》，这个书题准确地道出了《水浒》的精髓：那本书里，所有的人都离开了家庭，但他们在“江湖”上寻求并缔结一种模拟性的家庭关系：兄弟、异姓兄弟。当然，我们还可以想到《三国演义》中的

“桃园结义”，而刚才提到的余华，他在“出门远行”二十年后，写出了《兄弟》——也是一对异姓兄弟。实际上，这一直是中国叙事文学中应对远行、流散、陌生的人群和艰难时世的基本想象路径，在武侠小说和港台电影中，更形成了一个丰饶的大众文化传统。

这个路径远不像我们通常以为的那么陈腐，它隐微地参与了现代性在中国的展开。在上世纪初的新文化运动中，家庭在隐喻中和实质上都被界定为阻碍中国现代化的传统价值观的堡垒。巴金的小说《家》表现了那一代人眼中的世界图景：家庭正在无可救药地腐坏，青年们必须走出去，建设一个新的社会，确立新的身份和认同。家国天下的总体性规划被打破了，这在中国精神和中国文学中启动了一个激进进程，打开了全新的现代性空间，这个空间后来以极富想象力的方式建构了新的总体性——在“文革”期间，在样板戏中，几乎所有的人都是没有家庭的，没有夫妻、没有亲戚，唯一的一个“家庭”在《红灯记》中出现，但我们最终得知，“你爹不是你的亲爹，奶奶也不是你的亲奶奶”，差堪安慰的是，“我家的表叔数不清”。在走出家庭之后，人们摆脱了血缘和宗法伦理，按照全新的革命伦理建立了新的“家庭”——人们结为兄弟，但却是“阶级兄弟”，这个“家庭”、这种“兄弟”关系所指向的正是一个新的“社会”——某种历史和生活、政治和伦理的无所不包的新的总体性，它在自我建构的过程中本能地征用了传统资源。

到目前为止，我一直在谈论的其实是，家门内外，这始终是人生的基本问题。无论过去还是现在，我们对“社会”这个概念可能指向和覆盖的区域，它与家和国的关系，有着歧异多端的理解，其中包含着层层叠叠的疑难。而文学，特别是小说，一直隐秘而有效地参与着中国人在这个问题上的想象和实践。

现在，让我们回到那群孩子中间，回到《家事》这篇小说。当我们审视作家对这个故事的处理方法时，每一个中国读者都具备关于故事的“前知识”：在中国的很多家庭中，许多界定家庭关系或家族关系的称谓已经失去意义。由于多年的独生子女政策，一个孩子，他很可能没有兄弟姐妹，不知道舅舅、舅妈、叔叔、婶子这些名词意味着什么，而且，在巨大的社会变革和全球化、城市化浪潮中，迁徙和流散、离异、留守和寄养，又使得本来已在收缩、切分的家庭面临一种破碎的开放性。

在《家事》中，那个“儿子”的真正母亲身在海外，而且显然已经建立了新的家庭，小说最后，又生了一个儿子。这在生活中当然不是普遍现象，但在小说中，这却隐喻地表达了这个时代关于“家庭”的纠结经验。我曾经一再提到，在中国从“70后”到“80后”作家的小说中，一直有一个触目的现象，家庭常常如同幻影，父亲或母亲，有的远在异地，有的形象孱弱，有时则根本不在而不予解释。这是一种双重的叙事策略，一方面，父亲和母亲只是因“不在”而进入意识，在小说中，这常常表现为来自远方的汇款，家庭的经济功能仍在，但家庭的文化功能却被悬置起来；另一方面，年轻人在体验着残酷青春，这种“残酷”主要不是来自成人社会的规训，而是因为父母和成人在文化上的“缺席”，甚至是通过溺爱和纵容而实现的“缺席”。

在这个背景下，《家事》中孩子们的游戏意味深长。他们有一个家，走出家门，他们却如此急切、投入地伪造另一个“家”，一个更大的、其实也更不稳定的“家”。他们要什么？他们失去了什么？他们得到了什么？

我们离传统儒家家国天下的规划已经十分遥远，在巨大的时代震荡和生活变革中，我们正在试图重新想象和界定家庭、社会。在这个方向上，现代性以矛盾、冲突的方式曲折地展开——或者用流行的学术切口，叫作“吊诡”。比如一个触目的吊诡之处是，当人们在网络时代维系和发展基本的社会关系时，常常借用原有的家庭符号，在中国最大的电子商务网站上，买卖双方互相称“亲”，这在十几年前是不可想象的，我们曾经强烈地认为“亲”这个词只属于最亲的人，它是如此私密亲昵，只能用于爱人之间或母亲和年幼的孩子之间。但是，现在，“亲”大张旗鼓、无限蔓延，税务局称纳税者为“亲”，警察称逃犯为“亲”。这是对词语蓄意的误用，当我们把用于家庭关系、私人关系的称呼广泛运用于社会的公共领域时，这可能是为了减少交往成本，但也可能反映了社会关系的脆弱和公共交往的不规范不稳定——这正是一个变革时代的突出特征。人们正在家门外艰难地探索，在这个过程中，我们可能下意识地、习惯性地征用某些家门里的资源，这给我们带来的问题可能比它试图解决的问题更大、更复杂。

所以，家门内外，这个近千年来困扰着中国文学、中国小说家的问题，在这个时代正在获得新的动力，变得更为咄咄逼人。文学与家庭、与社会，这不仅是一个学术问题，这关系到我们如何想象和规划我们的生活世界、情感世界和伦理世界，它是如此重大，敞开着复杂莫测的空间。

2012 年 8 月 8 日初稿于八大处

2015 年 4 月 17 日修改

2015 年 6 月 14 日讲演

2015 年 9 月 15 日改定

声音与历史

——毕飞宇短论

毕飞宇的小说中，有一种显而易见，但很少被充分推敲的欲望：那个讲述者、书写者渴望人们注意他、爱他。

所有的作者都有类似的欲望，这其中包含着寻求自我和他人之确认的深刻冲动。这种冲动会在写作中得到满足，写作中隐含着对阅读-倾听的预想，而且作者紧张地期待着预想的实现。每个作者都是期待父母注意和赞赏的孩子。当然，这是一种简化的说法，在创作过程中，很少有作家会真的有想象中的外在的倾听者，他自己就是倾听者，他听自己的声音，他对这个声音的预想既来自他与“父母”（这个“父母”也许是传统，也许是他的生活、社会和文化境遇，也许就是掏钱买书的读者）的关系，也来自他对自我的认识和期待。

大抵如此。但毕飞宇在这个问题上依然是一个特例。

毕飞宇其实不是一个特别适于翻译的作家。另一语种所读的毕飞宇已经被简化了大约一半——他的小说语言会给一个汉语读者留下深刻的印象。我们能够清晰地辨认出他的语调，毕飞宇的语调。

当然，很多作家都形成了自己的语调，如果他足够强大，这种语调就会开辟一条明确的路径：通向对世界的特定观点和感受、理解。在中国，那些从上世纪80年代的文学黄金时代起屹立至今的作家们，他们持久力量的秘密在于，他们的语调已不仅仅属于他们自己，而成为了现代汉语中普遍运用的、常常也是滥用的范式。

对一个作家来说，这是莫大的幸运或不幸。他影响了他的民族的语言，但也被语言的汪洋大海所消化和溶解。这份幸运和不幸的原因和结果并非本文讨论的范围，毕飞宇并不属于80年代，他是在90年代开始文学生涯并且持续成功的少数中国作家之一，他并不具有这样的幸运，这不仅是时势使然，也是他自己选择的结果——至少他力图反抗那份不幸。即使从纯粹的小说艺术的角度观察，他运用语言的方式也是特殊的，不可溶解的。他的语调与他所述说的世界并不完全重合——以西方读者比较熟悉的莫言、苏童和余华为例，他们都把各自的语调完全地赋予他们笔下的世界，而毕飞宇的声音与它所讲述的世界有更为复杂的关系。

读莫言的小说时，你会相信这个语调正好就是莫言的世界所有，尽管它极具风格，霸道嚣张，常常是惊人的、压迫人的，但你知道，那正好是这个世界的本质所在。余华也是如此，前《兄弟》时期的余华，他的冷静、抑制和残忍，也完全地属于他所书写的世界。而读毕飞宇的小说，你会感到，他的声音表达着他的世界，但同时，这个声音也力图自我表达——毕飞宇的语言和语言所指的世界另有一重对抗和竞争关系。

毕飞宇的语言好，众所公认。就语言的考究、精确、诗意、复杂和犀利而言，毕飞宇在当代中国小说家中堪称翘楚。但我们对小说的评价通常最终是落实在它的人性内容，这种内容当然不可从语言中剥离出来——评论家最容易犯下的罪恶就是把小说的“意义”当作可以剥离出来予以整理和复述的事物，这就好比相信人在脱离肉体后会有更真实的生活，在这个意义上，评论家们大多是“灵魂不灭”的信奉者。现在，面对这样一个语言好的小说家，我们也不免有一种清教徒式的狐疑：他是否在这种“好”中犯了享乐和炫耀之罪，是否如中国古典文论所说的那样“以辞害意”？

的确，我们能够感觉到毕飞宇有一种不屈不挠的习性，他一定要把话说好，说得机智、厉害、漂亮。我们能够想象他在写作时盯着对方的眼睛：如同在一个沙龙中或一场乡村闲谈中，他对语言有一种强大的争夺热情。

莫言也有这样的习性，虽然他的语言和毕飞宇判然不同。在谨慎地保持同行之间礼貌的缄默的中国小说家中，毕飞宇从不掩饰他对莫言的赞赏。考虑到莫言生长在中国北方，而毕飞宇出生和成长在中国南方，这件事就尤为不同寻常。在广大而复杂的汉语中，繁多的各地方言与人们用于书写的以北方方言为基础的普通话之间的关系是一个非常复杂的语言政治问题——南方的作家很少、通常也不可能用他们幼年时期的口语写作，他们必须锤炼出一种与他们的身体、与他们原本的声音无关的书面语，余华如此，苏童也是如此。但毕飞宇是一个特例，他固然是用普通话写作，他也不得不放弃他的方言——当然，熟悉他的家乡兴化的人还是能够听出兴化方言的微妙语调——但是，他的语言姿态却并非书面语，而是口语，是“话”，是有声音的、有“肉”的讲述的语言。

这个作家决定放弃他的方言——这是几乎所有南方作家的共同选择，但特殊的是，他还决定，在使用一种通行的语言写作时，他要保留他的声音，他要和他的读者保持一种不仅是眼睛的，也是嘴巴和耳朵的关系，保持身体上的关系，他要说，而且期待着喝彩。

然后，我们可以看看问题的另一面。在这个强大、机敏、炫耀的声音的内部，是一个胆怯的，对世界心怀恐惧的孩子——据说很多演讲家都是这样：他们在万众面前雄辩滔滔，但是，实际上每次上台都会双腿打颤，他敏感地注意着听众的反应，他察言观色，他一直对人群心怀恐惧，而这恐惧锤炼了他的现实感、他的洞察力和表现欲。

与莫言、余华、苏童相比，毕飞宇对“权力”有更直观、更具经验血肉的敏感。他是人类生活的“力学家”，对人与人之间微妙的“力学关系”，对遍布于生活的权力、意志、支配、屈从、恐惧以及冷静的算计，他有一种经验的兴趣和直觉的把握。莫言是一个超级动物，小动物的细微感触不在他的世界尺度之内，即使是小动物在他笔下也像是庞然大物；余华具有强大的抽象能力，他从现代主义经验中汲取了一种自上而下的、整体性的世界看法，而对毕飞宇来说，却并不存在一个超验的“世界真相”，这个真相不是形而上的，它本来就

“在”，弥漫在言谈话语、眼角眉梢之间，在人与人的日常交往中。

很难说毕飞宇是否喜欢他所看到的世界——很少有作家因为喜欢这个世界而去写它，毕飞宇所关切的是他的世界中的弱者：那些力图变成强者的人、以为自己是强者的人、力图躲避强者的目光的人。他小说中的人物从来都具有明确的“现实感”，他们不是寓言、神话中的人物，他们身上具有充沛饱满的世俗性，同时，他们多少都怀有梦想——他们自己不知道那是梦想，不知道他们的欲望和行动在这个世界上如何构成意义，他们还没有被作者侵占和驯化，他们不知道将被作者写定的命运，像某些顽强的小动物，他们在黑夜里，警觉、本能地行动，毕飞宇的小说总是具有行动的激情，人物在行动中确证生存。

——然后，毕飞宇向他们讲他们的故事。那种述说的声音，首要的听众就是他的人物，毕飞宇庄严地、也常常有点得意地向人物阐释他的故事，这个作者如一个自负的卜者，以超出日常水平的机敏和洞见说服倾听者相信，这就是他的命运。

而卜者本身，也从自己的声音中得到安慰，他所讲的正是他所惧的，卜者在这世上的主要乐趣就是背向自身的命运而敞开他人的命运。他时刻意识到，在世俗生活的实用、明了之中，运行着无可言喻的、非理性的凶险力量，在任何一个不幸的家庭中，恐惧和孤独或许会锤炼出一个卡夫卡，但也会锤炼出一个“政治家”：一个敏锐、精明、体贴而冷酷的人性研究者，作为作者的毕飞宇就是如此。

毕飞宇的声音对他来说是如此必不可少，不能舍弃，他有时甚至听任它发展为小说中一个具有自治倾向的元素，除了上述卜者的自负之外，或许还有一个原因：他在内心深处就是和他的人物一样的人，他感到极不安全，他必须把麦克风牢牢地握在手中，似乎他有幸掌握的言说权力是这个世界唯一希望所在，似乎他的声音是对那个混乱世界中的人们的救赎，似乎声音才能唤醒那些茫然行动的身体——声音本身在他的小说中就构成意义，就具有充沛复杂的人性内容。

这一切，深刻地源于毕飞宇自身的经验，并且由此伸向中国人隐秘的共同经验。作为他的同代人，我常常会直觉地感到，他的小说中复杂纠结的艺术考量是高度历史化的，源于个人历史，也源于个人历史背后的那个庞大的历史。

毕飞宇的几乎所有小说都具有一种历史和时代的具体性，他力图从几十年来、现代以来中国人生活和经验的演变中理解他的人物。——很多中国作家都是如此，但毕飞宇独有历史之癖，他对历史怀有知识分子式的兴趣，历史对于他不是一个给定的背景，历史是一个未解之谜，有待说明和求证，在他作为小说家的隐秘雄心中，必定包含着达到综合经验与哲学的历史洞见的渴望。

而这样一种雄心，给了他另外一个理由：坚持那样一种声音，有主权的、有身体的声音，这种声音将面向宏大轰鸣，经受考验和锤炼。

2010 年初稿

2013 年 2 月 12 日修订

再论内在性的难局

——《2012 短篇小说选》序

还是老话：这本书里的小说是从一大堆杂志里看出来的。用了十多天时间，耽误了编辑的日程，不看选刊月报，看一本本的刊物，最后选出这十六篇。在有限的阅读范围内，我认为它们是 2012 年最值得一读的短篇小说。当然，我的判断很大程度上出于我在这段时间的特定关切。读小说，正如与人相对，话不投机半句多，但有的作品偏就能和你发生深入的对话，无论是共鸣还是争辩，它都能够激发你，让你生出很多想法，这样的作品于我是好的。

试举一例，魏微的《胡文青传》。

魏微是“70 后”作家，从 2010 年的《沿河村纪事》起，她显然正在经历转型。这种转型证明了岁月如流，她和她那一代作家不再是“青年作家”，她们和他们已入中年——身世、性情和心智的中年。“再不疯狂我们就老了”，他们当初所凭依的力量，某种固执和某种拒绝正渐渐变得勉强。就魏微而论，我估计这多少也和她在广东番禺一个镇里的挂职经历有关，那或许使她切实地领会到，社会的运行和人群的生息有着出乎“文青”或文人之意料的复杂性，其结构和症候深刻地塑造着个人经验和个人意识，也沉重地制约着个人选择。魏微曾经是凭茸毛般的直觉去迫近人性，但现在，她或许知道，想象人性和辨识个人还要通过浩瀚的人群，需要某种整体性眼光，需要运筹帷幄、纵横捭阖的理解力。

谁知道呢，也许她会由此变成更宽阔更强大更持久的作家，再不变就变不出什么了，于是她又写了《胡文青传》。

这个短篇在2012年受到广泛注意，被各种选刊选，登上种种排行榜。我估计，那些选它的人们，大多是着眼于这个戏剧性局面：“文革”后，曾经的风云人物、如今的失败者胡文青蛰居小楼陋室，而在街上，他的邻居们、或者说“群众”正盯着他。群众在“文革”中各有各的不幸，他们要求胡文青“道歉”。虽然，据说胡文青并没有直接伤害他们，甚至连间接也谈不上，但是，在群众看来，眼前这个人正好就活生生地站在“受害者”对面，不找他找谁去？他必须把没有着落的罪责认领下来。

但胡文青拒绝。他沉默着，几乎是骄傲地、蔑视地与群众对峙。

“小楼”与“闹市”的对峙，这是机枢所在。正所谓“运交华盖欲何求”，正所谓“躲进小楼成一统”，正所谓“破帽遮颜过闹市”，魏微对这个局面的想象草蛇灰线地呼应着鲁迅。一开始她可能没想那么多，她只是着迷于其中的对抗张力。但很快，我们都意识到，那群要求道歉的人是精神上的弱者，过去是，现在还是，不管怎样叫喊和起哄，他们的力量其实完全在于人多，所谓乌合之众。这些人找不到应对他们的受苦负责的人，他们也并不是真的决意找出负有责任的某个人，他们甚至对自己也不能负责，他们随波逐流，没有能力做出个人选择，他们是历史的看客或者被历史咀嚼吞吐的原料。

周立民曾尖锐批评《沿河村纪事》，他震惊于魏微的冷漠超然[①]。读了《胡文青传》，我倒觉得，魏微的“冷漠”颇堪玩味。此前的魏微，有时刻薄，但并不冷漠，她对大街、闹市，对被界定为历史之下或超越历史的民间生活其实抱有充分的温情。在她的小说里，即便是人生无常、刀锋闪烁，民间生活和家常岁月在与严酷的历史相对时也通常能够供应善好的、至少是美的价值。这也是她这一代作家小小的“意识形态”。

但现在，魏微进入了不同的问题场域，过去抽象化的历史和政治活生生地摆在眼前，她要替这个名叫“胡文青”的人过一种政治生活。这个作家进入了一个她并不熟知、与她的天性不甚相合的世界：在政治与社会行动中，即使是善好也与“力”、欲望和意志纠结混杂，这里没什么单纯和温暖，有的是磅礴之“力”和诡谲的机变。但不熟知、不相合，并不意味着没感觉，在创作中甚至生活中，不熟知不相合有时足以激发某种激情——从丁玲开始，女性作家由个人经验的立场向着某种宏大激情的出人意料的激进急转屡见不鲜。除了社会历史原因之外，我想

① 周立民《回首难寻来时路》，《南方文坛》2011 年第 1 期。

说的是审美因素：在政治与社会行动中，审美因素更具本能力量，她或他追随“大人物”，大人物倒不一定是官大钱多，而是，他们有一种力与意志的灵氛，从芸芸众生中赫然凸现；或者不是某个具体人物，而是某些词所包含的崇高而普遍的感召力；或者仅仅是因为，她或他是一个制伏控或宏大场面控或热闹控。总之，在诸如此类的急转中，审美激情与道德和政治激情总是很自然、也很成问题地融为了一体。现在，《胡文青传》里“冷漠”就源于激情迸发，本来众生平等的世界忽然有了落差：不是社会分层意义上的，是大人物与小人物之间的落差，是精英与庸众的落差，而魏微，很可能是无意识，但字里行间已经很有精英气，胡文青已经征服了她，使她“冷漠”起来。

我无意像巴甫洛夫的狗一样一闻到“精英”和“草根”“庸众”的气味马上就激动地寻找立场。我感兴趣的是这篇小说自身范围内的问题，看起来，胡文青并不认为自己是正确的，魏微也不这么认为，她着力渲染胡文青的孤独和沉默，为这个人划出了一片内心生活的区域，这种孤独和沉默并不仅是失意的表征，她引导我们注意这个人的尊严感，他在被世界遗弃时依然镇定自持。我们有理由相信，他内心有某种强大的东西支持着他，他只是无法把这些东西与大街上的人们分享。

那么好吧，英雄拒绝解释，所以，英雄需要一个跟班，在胡文青和群众之间调停传话——他叫阿顺。阿顺就像堂吉诃德的桑丘，他比胡文青更具现实感，他是发言人和说服者，某种程度上，他几乎承担了一种时代责任，对历史给出解释交代，以安顿所有小说中人。

他无疑是一个有效的解释者：

阿顺跳了一下，把衣领扶扶正，一边向众人说："喏，我是个直肠子，心里压不住话。李大爷家里的情况我不比谁清楚？老街坊了，他家小凤就是我给裹的尸，一大清早拉着板车，跑了十里路，送的火葬场，还偷偷摸摸的。惨不惨？惨！但是话分两头说，我也当过造反派，不是造反有理么？我也打过人，我也挨过打；武斗那会儿，我三十来岁，正当年……嗨，不说了。我也抄过家，顺过一些宝贝儿；但是我要告诉你们，我私下里还、还不知保护过多少人呢！——信不信无所谓——这条街上的、我们厂里的……你们谁知道？是谁我不告诉你们，我也不要他承情，他也还不起这人情，我是冒着生命危险的，就是看着他可怜，而且那会儿，自己的心劲儿也歇了。——李大爷，知道我想说什么了吧？这笔账你没法算，是笔糊涂账！——"回头看了看二楼的某扇窗口，叹了口气，说：

"像这位——"指的是胡文青，"我跟他没什么私交，两代人；看着他从小到大的，现在变成这么一个人！毁啦！你们中有些是新住户，没看见他从前的样子，石城有名的天才少年，神采奕奕，走路生风，那是进北大清华的料，毁啦！没错，他是'东方红'派的领袖，这一派可是大名鼎鼎，风头出尽；当年，谁不知道他胡文青大名！但据我所知，他甚至都没亲手打过人，他一文弱书生，打什么打？他手下有一批打将，哪个当头头的手下没几个兵？据听说，有一次他看见街上有个跳楼的，脑瓜子迸碎，他吓得捂住了眼睛，那时他才几岁？十九岁！他见过什么世面？而且后来就退出了，他二十岁就不玩儿了，隐退江湖了，你现在找他算账，——你现在找谁算账，谁都不认这个账！”

说到这里，阿顺顿了顿，把眼睛看着李大爷；他话还没说完呢，但是这一句话，他是绝不能出声的，只能放在心里说：“你李大爷怎么就不想想，你是因为被打倒了，失了势；你要是在台上，一窝蜂似的挤着你，你会怎样？难保就比我们干净！手里欠下几个血债也说不定！”嘀咕完了，这才长长地吐了口气，觉得舒服多了。

好吧，我相信，阿顺的话大抵是实情。而且这些话中包含重要的提醒：勿轻率审判，追求公正远比愤怒和起哄困难。但是，这篇话里也有令人不安的因素：糊涂账。那么我们是否永远安于糊涂呢？社会历史是糊涂账，个人行止和责任也是糊涂账？力图算清糊涂账难道不是人类理智和心灵的根本欲求吗？我当然承认历史和生活中存在暧昧纠结难以明辨是非的区域，所以小说需要追问和对话，需要警惕那些令人舒服的“智慧”，这种智慧让我们停止自我认识，而使日子一切照旧地过下去。

很难说魏微是否赞同阿顺。但她显然知道，对街上的人们来说，这种说法有强大的说服力，很快我们就看到，“糊涂账”世界观被街道张阿姨又发挥了一遍。而且我认为，作家还可以从另一个角度发挥：这不正是那个浩大、温情、包容、诗意的，同时也是循环往复的“民间”吗？

但魏微显然不满足于提供一缸温水。此时的魏微见识脱俗，让她真正觉得有必要写这篇小说的，我认为是下面这段话：

> 阿顺笑道：“我问你一句话，你不要生气啊；我也是刚才突然想到：我能跟你一再道歉，你怎么就不能向他们道个歉呢？难道你就没一点儿错吗？”
>
> 文青沉吟了半天，一时不知该怎么回答，他把手肘压着膝盖，半截身子都伏在膝盖上了。
>
> “怎么会没错？”隔了好久，他才抬起身子说：“错大发了，所以不能道歉！”
>
> “什么意思啊？”
>
> “我一下子也说不清楚。我要是犯了小错，我也乐于道歉，像你没犯错的也跑来道歉，这两样都没关系；但是大的不行，大的，你得慎行。”

——颇具思力和洞见。它把道歉不道歉的问题引向了更具内在性的层面。是的，道歉又怎么样呢？中国式道歉又何其容易，即使是诚恳的道歉也常常是另一种苟且，道歉者在被他人放过的同时也把自己放过了。

在社会生活的层面上，这种放过或许是必要的。但事关生命之根本的问题是，我们何以就这样轻易放过自己？如果这里的每个人都是这样，那么，“道歉”这件事，何啻于轻浮？“道歉”之所以不是耻辱，是因为当我们低下头时，我们不仅对我们的过错和罪过表达悔恨和愧疚，而且也是为了表明，我们对自己负责，我们不肯把一切都推给时代和世道，我们愿意和勇于承担自己的那一份，由此，我们证明了，我们是有尊严的人。

“大的，你得慎行。”

胡文青或者魏微这句话是一个重要关口，它或许能够通向某种艰难的、人迹罕至的精神上的可能性。也正是这句话表明，胡文青在沉默中对世界做出了真正的回应。这句话是向外的，也是向内的，我们有理由相信，说出这句话的人，在内心深处发生了某种至关重要的变化：不是关于输赢成败，而是做出了对自身、对自身与世界关系的某种富于想象力、富于精神强度的态度和行动的选择。

那么好吧，我对接下来的事满怀期待，我以为，总会有些意外发生，胡文青应该过得和我们的想象不太一样甚至很不一样——他从那个关口走出去，走向他自己的方向。

但是，竟没有意外。也不知道魏微在这里是否经过了苦思冥想，反正我们看到的是，胡文青在新的时代成为了成功的商人——是啊他还能成为什么呢？这不正好就符合如今的人们对人生的一般想象吗？他一直是一个敢于冒险的人，弄潮儿向涛头立，舞台换了，但他还是那个大咖。

当然，胡文青毕竟是胡文青，魏微不甘心眼看着他落入庸俗的成功故事，胡文青并不得意和幸福，他不屑和不必与他人比较，他感到空虚，感到没意思，他有精神向度，他成了居士，但是——

> 他又说："信什么佛？真虚伪！你能四大皆空？你能把这一摊子全捐掉，分毫不留，重新去当一个穷人？你即便当了穷人，你满脑子还是福禄富贵！还四大皆空！还信佛！谁配？"
>
> 这末一句话，他是说给阿顺听的，——其实是说给自己听的；阿顺也信佛。
>
> 阿顺说："我就跟你说了，你不要钻死胡同，这对你没什么好处。要我说，你有这工夫，还不如写本回忆录，把你这几十年好好整理一下。什么事情能禁得起你这样问？你这一问，不就全空了？信佛这件事，你力所能及，能信到哪一步算哪一步，佛也不会要求你四大皆空！人活着，不过是求个安心——"
>
> 胡文青说："写什么回忆录？我现在没话可说了，心里空荡荡的。"

至此，我倒是有话要问。胡文青在三十多年前人生低谷的那些日子里究竟都想了些什么？他在那个时候应该是有话可说的，不说罢了。在低处，人有可能达到某种彻悟，但也可能只是赌徒要翻本，只想着重上高处。当胡文青说“大的，你得慎行”时，魏微显然不是指向他后来的成功，那么你指的是什么？现在，三十多年后，胡文青抵达了空荡荡，那么，为什么三十多年前就到不了？如果空荡荡指的就是人生之虚无的话，那么，三十年前的失败不也足以让人虚无吗？这种虚无是多么轻易，既然如此轻易，关于是否犯错、大错小错的痛苦内省又有什么必要？胡文青这个人后来又做了什么使得他当日的内省变得毫无意义？还是说，当日只是魏微认为他应该内省，因为内省的姿势很酷，但魏微也实在替他想不出他省了半天都省了些啥。

小说写到如此，应该不是魏微的本意，至少不是魏微在写下“大的，你得慎行”时的本意。她在那一刻触摸到了某些重要的事物，好比钥匙在锁孔里转动。

但是，门没开。

因为，魏微自己也想不出门开了会是什么，她对那个“大的”何以为大并无概念。魏微对于小说世界得以展开的条件和依据并没有充分准备，关于胡文青在“文革”中究竟做了什么、经历和承受了什么，始终闪烁其词，语焉不详。当然，会有人说，《胡文青传》是一个短篇，如果把这些都写出来那就是个长篇了。我当然知道这是短篇，短篇是“冰山浮出水面的部分”，是精简、是省略，但是，这都意味着即使没有呈现出来，也有一些事物是在的。精简和省略的前提是确切地存在着可供精简、省略的事物，无论短篇还是长篇，注定都是对世界的精简和省略，它们的力量在于，所有那些空缺之处都能在已有的、呈现了的事物中被召唤出来。但在《胡文青传》中，空缺的仅仅是空缺着。

即使空缺着，如果魏微对胡文青的痛苦和领悟写得更确切更深入，或者在胡文青后来的生活中，她能让我们意识到这种领悟的方向和深度，那么，我们也有足够的想象力去接近那些不言之事。但现在看来，魏微是真的不知道、想不出胡文青在“文革”中干了什么，所以她也想不出胡文青在那段低谷中到底想了什么，她对胡文青的所知并不比我们更多一点，并不比阿顺更多一点。在她心中，并无一个具体的、生活于特定历史境遇之中，经历过一切并正在自我推敲的人，有的只是一个模糊的影子，甚至只是一个念头。很可能她只是在“个人”与“庸众”对峙的局面中意识到了“错”与“罪”、“小”与“大”的辩难，然后她觉得很有意思，但关于何为“罪错”，何为“大小”，她其实并无任何来自历史和生活的具体感知。她甚至并不了解“文革”，小说中有关“文革”的书写，很大程度上是建立在80年代以降关于“文革”的文学叙述和公共论述之上的，包括所谓昔日的造反派与今日的群众之间的对峙，其实也是想当然的叙事陈套，魏微大概未曾想到，在“文革”极为复杂的情境中，“造反派”的身份和命运其实也是不断转移变化的。①

---

① 参见秦晖、傅高义《还原历史的真实图景》，《经济观察报》2013年4月29日。

这正是事情的吊诡之处，《胡文青传》之广受瞩目，恰恰是因为它涉及了那段历史，它被想当然地认为是对那段历史的反思，但实际上，那段历史在这里依然是悬空的，它甚至都没能作为对象而存在，反思又从何谈起？

正是由于这种悬空状态，魏微只能赋予胡文青某种精神姿态和表情，但却无法赋予他具有历史和个人具体性的精神过程和内容。所以，一点也不奇怪，魏微想不出胡文青除了再赌一把并大获成功之外还怎么能够成为一个不同寻常的人，想不出他最后除了“空荡荡”之外在精神上还能如何？当然，不空荡荡的成功人士天下皆是，但享受着空荡荡的成功者也并不鲜见——对脑满肠肥的食肉者来说，这是必要的解毒剂，有助于消化，有助于给他一个转身的空间，所以我们的文化、包括传统文化中配备了大量“空荡荡”以供消费。但这种风雅的虚无其实也是蚀骨之俗。自古以来，尽管一切终归尘土，却并不是所有人都有权利慨叹自己的人生空荡荡，只有起高楼的人才会在情感上赏玩它。它仅仅是一种“伤感”，让人满足于这种情感而不采取任何行动。

“空荡荡”或者虚无，在精神上并非毫无意义，有时甚至很重要，“眼看他起高楼，眼看他楼塌了”，《红楼梦》之“空”，曾经构成中国小说奇峰突起的精神高度，但在《胡文青传》中，魏微甚至不能想象“楼塌了”，为什么就不能“把这一摊子全捐掉，分毫不留，重新去当一个穷人”？何以见得“你即便当了穷人，你满脑子还是福禄富贵”？是不是在魏微或胡文青看来，那座高耸入云的“高楼”就构成了历史的终结，构成了精神的终点，面对这个巨大的终极的“现实”，任何精神和行动上的选择都是不言而喻的“不可能”？是胡文青没有这个勇气还是魏微不敢想？还是这真的就是我们的精神想象力的限度？

——这个限度，我认为不仅是魏微的，也是这个时代众多小说家的。周立民在批评魏微时问道：“你笔下的人物与你达到了耳鬓厮磨的地步了吗？技巧永远也填补不上情感的黑洞，在这一点上，作家不要太自信。”①他是从情感上立论的，但情况也可能是，我们都太有现实感，都与这个世界过于“耳鬓厮磨”，“现实”对我们来说已是绝对的实然和应然，以至于，我们不敢、也想不到除了我们所熟知的、我们以为一目了然、我们满怀敬畏的逻辑之外，人还有其他的可能性。

魏微只好凭着惯性往下写，胡文青的成功回应着小说一开始那个算命的桥段，这是对旧时说部的模仿，但我们当然不会认为胡文青真的是天罡地煞下凡，在现代的理解环境下，我们只会抵达我们其实普遍信奉的社会达尔文主义法则：物竞天择，适者生存，有些人注定会成功。由于他的天赋、出身或者教养，他在任何规则下都是游戏的胜者，或者说，任何游戏其实最后的结果是不变的，这让

① 周立民《回首难寻来时路》，《南方文坛》2011 年第 1 期。

人想起《1942》中老掌柜的那句话：我知道怎么成为富人。

但魏微是不甘心的，这似乎不是她的初衷，她做了最后的努力，她希望胡文青最终能够确实不同凡响，虽然他没做什么不同凡响的事，但发点不同凡响的感慨也好：

> 后来天晴了，夕阳出来了。隔壁的厂区里，有工人成群结队地往外走，他们勾肩搭背，追打，嬉笑；胡文青把这一切看在眼里。在他二十三楼的文青楼上，能看到不远处的中央大街，此时，街上人满为患——正是下班的高峰期：人群小如蚁虫，车队像甲壳虫，一排排的在试图往前挪、挪、挪。
>
> 胡文青看不见他们的脸，听不见他们的抱怨、吼叫，知道他们是活在今天；他的眼睛突然掠过了眼前的景象，回到了四十年前……心里想着，今天的这些人，若是活在四十年前，谁知道他们中谁会变脸、变成什么样的人？谁知道他们中谁会哭泣？谁会仰天长啸？谁会变得狰狞，以至于他们自己竟不自知。
>
> 然而现在他们都是好人，这些正走在中央大街上的人、走在他厂区里的人……他们追打、嬉笑；抱怨，吼叫。他们都是平凡人。

——这些貌似深刻的感慨到底是什么意思？这是对“文革”的反思吗？这种感慨当年阿顺和张阿姨已经振振有词地说过了，现在只不过是再说一遍，把市井智慧说得貌似哲理。人在正常状态和在非常困境中的表现当然很可能非常不同。无数人曾经被困境压垮——不仅是魏微所想象的历史事变，就是在日常生活中，困境也无处不在，陷落和沉沦也正在发生。也正因为这样，人需要自我省察，小说就承担着在丰富具体的人类经验中探索人的精神道路的使命。这篇小说始于楼和街而终于楼和街，只是最后，胡文青不再藏身小楼，他身处高楼云端，俯视芸芸众生，当初那些“群众”已经变得那么遥远，微如尘埃。胡文青，这个饱经风霜的人，他对他到底做了什么想了什么只字不提，他只是感慨：这些平凡的人，这些好人，仅仅是因为他们没有生逢四十年前……

鉴于我们根本不知胡文青四十年前做了什么，这种感慨完全是空洞的，而且，即使生逢乱世，也依然有人选择做好人，人们无法把他的道德责任完全推脱给时代，如果是那样，三十年前胡文青所说的“错大发了”又做何解？

更重要的是，那些“走在中央大街上的人、走在他厂区里的人”其实与此时的胡文青密切相关，他们和他构成了世界，他的人生意义离开了这些人就无从谈起，这种高楼之上和厂区之中的关系岂是一声慨叹一个“空荡荡”所能开销，胡文青“看不见他们的脸，听不见他们的抱怨、吼叫”，但魏微不是看见了听见了吗？魏微为什么把她的所看所听置之一旁，听任这个人自言自语？

因为，从这篇小说一开始，“他们的脸”“他们的抱怨、吼叫”就被魏微放到了世界的边缘，他们是杂音、背景，他们从不是行动和言谈的对象，在汉娜·阿伦特的意义上，他们根本就不在胡文青的世界之内，胡文青的"世界"是封闭的[①]，而魏微所感受到的巨大现实其实也是残缺的。

这才是这篇小说真正的困境：它只有述说，没有对话。胡文青和阿顺之间不是对话，因为阿顺正如其名，是顺着胡文青的。这种述说越是貌似深沉，越是显出贫乏艰窘。而无论魏微还是胡文青，竟都没有意识到，这里有一种敞开的可能，只要今日的胡文青真正面对昔日的胡文青，只要胡文青真正面对"他们"，"所说的永远不及所想的，在那语言达不到的深处，他们困惑、苍茫。"这话是多么漂亮，但问题是在这里，语言还没有启动，胡文青甚至都找不到对话者，他苦苦思索此生的意义，但他从来想不到，他的此生人的世界还没有真正展开，而只是满足于"困惑、苍茫。"

结果就是，魏微正好就没有做到大家普遍做不到的事。她尽管做了艰苦的努力，她本来也确有所见，但是，她最后抵达的仅仅是，面对这个世界，除了这样，还能怎样？

2013 年 2 月 27 日初稿

6 月 4 日改定

---

① 参见汉娜·阿伦特《人的条件》第 5 章《行动》，上海人民出版社 1999 年 12 月第 1 版。

劳作与创造者安眠

——纪念王立纯先生

迟子建来电话，嘱我为王立纯的集子《太阳从背后升起》写一篇短文。文债如山，本待推托，但迟子说，立纯已在去年去世了。听了不禁错愕，还说什么呢？便说：我写。

我与立纯先生并无私交。大概十多年前，他出了长篇《庆典》，曾托编辑送我一本，希望能为他写点什么。书读了，也很喜欢，但文章蹉跎着并不曾写。后来，在一些场合见过，圆圆胖胖的脸，是个快乐爽快的人，但也不过寒暄几句而已，并不曾深谈。

立纯先生属于上世纪70年代末最早投身文学的那批人。如果他活着，应该六十二岁了，我相信，如果活到今天，他肯定还在写。我在网上查过他的作品目录，发现他写了很多，越到后来写得越多。在三十多年的创作生涯中，他从来没有怀疑过写作的意义，或者，虽然他有时可能会困惑，但是，他从没有真的想过停下来。直到最后，猝然辞世之前，他还在为他的一部作品迟迟没有按约定改编为电影而焦虑。

我得知，他在三十多岁时就曾脑出血，在大脑某个隐秘的部位，血悄然流溢。这使他无法执笔，所以，他成了中国作家中很早就熟练使用电脑的人。这个人就这样写着，直到去世。

这里有一种令人难以释怀的悲怆和苍凉。我想起那个快乐的人，那个勤奋的人，他其实一直在与致命的隐疾对抗。

他写了那么多。他离开一年了。

《太阳从背后升起》是黑龙江省作协编辑的《野草莓丛书》的一种。从编辑体例上，我很希望有一篇后记或前言，交代一下这本书的编选原则。但是很遗憾，没有，就是这样一本书摆在眼前，一半是散文、一半是小说。每篇作品后也并无系年。我猜测，是选了作者尚未结集的作品。

但无论怎样，这部书都提供了一个样本，让我们开始思考立纯先生给我们留下了什么。

立纯先生是以幽默或“黑色幽默”闻名的。我所查到的有关他的评论也大多是从“含泪的微笑”和“悲喜剧”风格入手。他的《拍手歌》曾经入选《1985 小说在中国》一书，陈建功和李陀都曾给予较高的评价。对此，王立纯在 2008 年说：“《拍手歌》是以喜剧的样式表现悲剧，这很不容易，从哲学意义上讲是大荒诞，它诠释了彼德的名句：很多人爬到了梯子的顶端，才发现梯子架错了地方。我喜欢这种风格，它是我的专利，也是消解沉重的制胜法宝，把某些尖锐激烈严峻的东西，用嘻嘻哈哈的文字就传达出来了。那以后我努力往这个方

向打造，应该说，我使用这一招数已经很娴熟了。”（《大庆日报》2008 年 7 月 31 日）

可见，这就是王立纯自觉的美学旨趣，在本书的《太阳从背后升起》《报仇》《一份无法归类的旧档案》等篇中也都有明显体现。所谓含泪之笑、所谓“大荒诞”，是在 80 年代语境中获得巨大力量的“招数”，它从启蒙传统中推导出一套人生、历史和美学观念，在反思“文革”、反思知识分子命运时普遍运用。可以说，这不仅是立纯先生的“专利”，与他同时的很多作家其实是英雄所见略同的。

但立纯先生的确有他独特之处。他的自我表述未能超出那个时代知识分子的话语范围，但在写作时，他其实另有来源：民间的、东北的、黑土地的表意和语言传统。那真是狂欢式的表达，无分寸、无规矩，众生平等，齐物而观之。在《太阳从背后升起》这样的小说中，尽管作者对命途多舛的知识分子天才深致叹惋，但是，那位“天才”深陷其中的泥沼——那常常被述说为温暖的、其实也是残酷的民间底层，在立纯先生的笔下，却显得生气勃勃，野趣横生。

情况常常是这样，一个作家会受制于他的时代的文学、思想和知识风尚，受其规约而渐成习惯，这会使他不能充分地运用他的真正力量。但有时这种力量会本能地迸发出来，会忘了精致缭绕地修饰着它的那些话语和概念，会无遮无拦地寻求表达。我必须提到立纯先生的《庆典》，我认为那是他一生的杰作，在那本小说中，工业和历史这些宏大之事，都被他那强健恣肆的语言消化了一遍。

“让思想冲破牢笼”，这是《国际歌》的一句词，这也是立纯先生喜欢的一句话。我想，当立纯先生远去时，他会带着他的《庆典》吧，那是他的自由之作。

立纯先生在他创作的后期可能常常感到困惑。他如此熟悉、倾注心血的领域——“文革”、乡土、传统大工业——似乎正在成为文学地图上越来越偏僻的地带。时势之变人所难料，而一个人的生命何其短暂，我们只来得及守住我们的所知，尽我们的所能。立纯先生是尽其所能了，劳作与创造者安眠。而我相信，多少年后，当人们检视中国人在这一段时间的复杂经验时，立纯先生的作品依然是珍贵的、意味深长的旁证。

——多少年后，黑土地上的亢爽大笑也会让后人会心而笑吧？那是中国人在应对苦难、艰困和荒谬时的笑声。

2012 年

修行在人间

——陈彦《装台》

一

“装台人”。世上三百六十行，在此之前，我竟不知还有这一行。他们在舞台上搭建起布景和灯光，然后，灯光亮起，大幕拉开，荒凉的舞台就变了眩惑的幻境，于众生前演悲欢离合、乐歌舞升平。

而这时，台上台下的人们都看不见、想不到装台人。戏如人生、人生如戏，戏是被照亮、被注视、被向往和代入的人生，而装台人，他们在如此人生的边上，不，连边上也不是，是背面。

艺术与娱乐，已经成为庞大的工业，无休止地生产着幻境与想象，这个时代的每个夜晚，天空上永远绽放浮华的烟花，但很少有人意识到，这灿烂的烟花其实是深扎在泥土中的植物，它的根须在社会的复杂结构中延伸、缠绕，交换、吮吸。

装台人是根须的末端，他们交出体力、血汗、睡眠，分得的是最微薄的一份养分，而即使这一份，也如风中蛛丝，或许有，或许竟没有。

这些卑微的人。

陈彦写了一部长篇小说，就叫《装台》。这些卑微如蝼蚁的人在此被照亮。

二

很少有一本书会像《装台》这样，我拿起来，竟心甘情愿地走下去了，在那喧闹的生活里，在那些浑身汗臭的男人和女人身边，和他们一起过着狼狈不堪的日子，而我竟不想放下不想离开。

那个刁顺子，蹬着三轮车，带着一班兄弟装了无数台，在这部小说里，他竟身在舞台中心，成了主角。但他真是辜负了他的名字，他真是不顺啊，他就是一个超级倒霉蛋，从一个失败走向下一个失败，把人生走出了步步惊心一路坎坷。

就是这个人，我有时觉得我就是他，他所经历的我感同身受，我的问题根本不是同情他怜悯他，我的问题是，和他一起熬过去、挺过去，经受着这一天的劳累和为难和卑贱和喘息和快乐和爱和无奈，然后和他一样，栽倒便睡。

也就是说，《装台》做到了一件事，至少对我来说是当下的小说很少能做到的事，它把在我的社会图景上无限遥远、几近于无的一个人，变成了我的一部分。不是外在于我，不是我观看、怜悯、同情、思考的对象，他是我们心中被召唤出来的一个人，就那样破旧而执拗地站在那里，让我们不知所措，无从判断。

这是怎么做到的?

三

我知道，《装台》很容易被装到“底层叙事”“底层文学”的抽屉里去。我也认为，这的确是一个有效的阐释路径，如果谈文学中的“底层”，请一定读一读《装台》。

但是，这是做文章的路径，却未必是好的阅读方法。“底层”尽管广大，但这个概念却装不下任何一个活生生的人。所以，我宁愿像推敲自我一样推敲顺子——

是的，我承认，我一直以为这部小说将以悲剧结束，至少按照底层叙事的通行逻辑，人不可能一直倒霉下去，某种险恶的世界意志总会出面了结一切，留下一具尸体作为写作者关于世界本质的论述的注脚。

也就是说，底层叙事通常是有一个先在的“超级文本”，人的命运早已写定，那个作者过去我们叫天意，现在可能叫历史或社会。这个超级文本从一开始就对人做出分类，然后分配人的命运。

但是，这里有一个人。他叫刁顺子，这个人竟然不听招呼不听安排，他竟然在一次次理当被世界碾成纸片的时候一次次晃晃悠悠晃晃悠悠又站了起来，直到最后，这个先后娶了三个老婆心碎三次的家伙，竟然又把第四个老婆领进了家门，他这不仅是挺住，他简直是要跟这世界没完没了了。

也许这竟是喜剧，是的，黑的、残酷的、在泥泞中展开的滑稽喜剧。它的精髓就在于，人在一个机变百出的世界上的笨拙，他疯狂地手忙脚乱地应付八方风雨，永远是五个杯子四个盖子，但他执拗地认为杯子就应该有个盖子。

这样一个人，我从前还真没有在哪部中国小说里看到，刁顺子这个人身上几乎没有光芒，他一点也不高大上，他是低的、小的，他的姿势永远向下，他是笨的、弱的、羞涩的、窝囊的，对这样的人，你除了“哀其不幸、怒其不争”之外还能说什么?

但是，就是这个人，在他黑色的、滑稽的倒霉史中，我们逐渐看出了一种碾不碎的痴愚，他总是觉得自己该对世界、对他人好一点，就如浪中行船而手中捧着件性命攸关的瓷器，他因此陷入持久的狼狈不堪。他所有的卑微，根本上都是出于不舍，但这份不舍却不是对着别人的，而是对着自己的，不舍那心中的一点好，也因此成了这一点善好的囚徒。

陈彦在小说中反复提起蚂蚁的大军，那些执着的、坚韧的、茫然的蚂蚁。我猜测，他是以此隐喻装台人这样的“蚁民”，我也完全可以预计，会有评者据此论断：这部小说表现了、歌颂了底层人民坚韧的生命意志，云云云云。

而我恰恰不喜欢这些蚂蚁，我也不认为以上帝视角去看蚂蚁或者看人是很有思想。陈彦很可能不自觉地受了当代文学中关于庶民生活的“活着”逻辑的影响，觉得不提一下活着之坚韧境界就上不去。但是小说家陈彦远走在了思想者陈彦前头，这个刁顺子，他岂止是坚韧地活着，他要善好地活着，因此而弱，因此而卑微狼狈，但这一颗嚼不烂、砸不碎的铜豌豆兀自在人间。

这就又不是喜剧了，这是俗世中的艰难修行，在它的深处，埋伏着一个圣徒，世界戏剧背面的英雄。

好吧，我要说的是，这个人，他也在我们心中，我们常常会对他的存在感到不好意思，我们每天都在教导自己更强大、更坚硬、更肆无忌惮，我们愿意想象恶，在极尽猥琐中想象恶无往而不利的成功，但是，对于心中的这一点好，我们通常把它视为羞处，归于无言。

陈彦就是在这样一个基本语境下写作的，他要打开不可能性，他必须说服我们，让我们相信，刁顺子原来是可能的。

四

陈彦似乎从来不担心不焦虑的一件事，就是他作为小说家的说服力。陈彦的本行是戏剧，他似乎自然而然地就具备一种能力，就像舞台上的“角儿”，站到那里，一张口，便是一江春水，百鸟朝凤……

是的，取信于人的说服力首先取决于语调。好的小说家必有他自己的语调,《装台》的语调完全是讲述的、口语的，带着明确的地方口音——那是在西安或小说里的西京锤炼出来的语调：是锋利入微，是光棍眼里不揉沙子，是老戏骨评说人生的戏，是雅俗不拘、跌宕自喜，你能感到这样的语调本身就是兴奋的，它沉浸于人间烟火，它自己对自己都入了迷。

在《装台》中，相对于小说世界，这个声音、这个语调不是外来的，它就是这个世界内部的声音。它常常是一个全能的讲述者，但它也是一个谦逊亲切的倾听者和交谈者，那个无名的叙述者与人物亲密无间，他们勾肩搭背、掏心掏肺。

叙述的声音与人物声音的对话性，这是一个天大的难题。在那么多写“底层”的小说里，很少有作者敢让他的人物说话，人物不能说话，人物只能被转述，非到万不得已直接引语不会出现。别跟我说这是现代小说的艺术特点，问题根本不在这里，问题是，作者其实并不知道他的人物怎么说话、会说些什么，他们不能暴露这一点。而且，他们也怕，怕的是只要人物自己张了嘴，他们叙述的权力、逻辑和可信性都会面临威胁。于是，我们就有了那么多艺术上的“专制者”，万马齐喑，只听他说啊说，他的声音与他所说的世界不能也不想对话，这个声音在根本上不属于这个世界。

然而，在《装台》这里，百花齐放，百家争鸣，从民工到艺术家到泼妇到流氓等等等等，这世上的生灵都在说着自己的话，都在互相说话，冒号后边引号里边是活生生带着气息带着唾沫星子带着九曲回肠和刀光剑影的“这一个”的声音，而叙述者，他真不是外人啊，即使是转述、即使是代言，他也很少越出人物自身的边界，他设身处地、体贴入微，他随时放下自己，让每个人宣叙自己的真理或歪理。

作为深浸于传统戏曲和传统文化的戏剧家，陈彦也许在这个问题上并未深思，而是提起笔来，本能地就这么写下去。这种传统说书人的牢固本能，使得《装台》成为了一部罕见的诚挚和诚恳的小说——在艺术上，诚挚和诚恳不是态度问题也不是立场问题，不是靠发狠和表白就能抵达，而是，这个作者、这个讲述者，他对他讲的一切真的相信，这种信不是观念的脑袋里的信，而是从确切的人类经验中从皮肤上和身体里得来的信。

就好比刁顺子，这样一个人物其实最不易取信于人，如果只凭观念概念搭建起来，必禁不住众人警觉的检验。但是现在，刁顺子就站在这里，连他身上的气味都那么确切，武松打虎，三碗不过岗，王少堂的评话里，一碗又一碗竟是各各不同、波澜壮阔，而刁顺子，他的每一次倒霉也都是一碗别开天地的酒，人类经验的复杂纹理被打开展开，细密结实，生动雄辩。甚至刁顺子每一单买卖，挣多少钱、怎么分，都各有一笔一丝不苟的细账交代，说起来似是琐屑，但在小说中，正是这种琐屑之处为人物提供了不容置疑的基础。

——讲述者给人的感觉是，对于刁顺子，他所知的比他讲出来的还要多得多，如鱼饮水，冷暖自知，他就是那条名叫刁顺子的鱼。

五

被照亮的不仅是装台人，也是一个人间。

像中国旧小说一样，某种程度上也像狄更斯一样，《装台》有一种盛大的“人间”趣味：场景的变换，社会空间的延展和交错，世情与礼俗，感性的喧哗……

现代小说常常空旷，而《装台》所承接的传统中，小说里人头攒动、拥挤热闹。《装台》的人物，前前后后，至少上百，大大小小，各有眉目声口。大致上是以刁顺子为中心，分成两边，一边是他在装台生涯中所交道的五行八作、人来人往，另一边是他的家庭生活，特别是通过他女儿菊花牵出的城中村的纷繁世相、形形色色。两边加在一起，真称得上是呈现了“广阔的社会生活”。

所有这一切，构成了刁顺子的生活世界，这世界带着如此具体充沛的重量，每时每刻都在向他证明他是多么渺小多么脆弱，又每时每刻向他索取，向他提出严苛的要求。他小声地、谦卑地与这个世界、与自己争辩着，因为同时，他又总能在这个烟火人间找到活下去、而且值得活的理由。

《装台》写“底层”，但又何止底层。即以菊花为例，这个丑陋的、暴虐疯狂地追求着幸福的女人，通过她，你在“城中村”这个乡村与城市、前现代与现代的过渡地带，看到了一切坚固的事物正在烟消云散的规模巨大、令人战栗的活力和坍塌。但同时，讲述者是多么绝望地爱她，他穷形尽相、一笔不苟地展现着这个女人的内心生活——你无法审判她，你看到了人在欲望和幻觉中、在人间色相中不可自拔的受苦受难。

在根本上，《装台》或许是在广博和深入的当下经验中回应着那个古典小说传统中的至高主题：色与空——戏与人生、幻觉与实相、心与物、欲望与良知、美貌和白骨、强与弱、爱与为爱所役、成功和失败、责任与义务、万千牵绊与一意孤行……

此处是盛大人间，有人沉沦，有人修行。

——2015 年 6 月 28 日下午

古老而长新的故事

——《寻找鱼王》

野地与少年，这是张炜长久执念的主题。在他浩瀚的小说世界里，那些精灵般的少年在野地里、在群山间和大水边如灯一般闪烁，万事万物于明暗之间焕发灵性的光。

张炜对新时期文学的一项重要贡献，就在于他重新建构了少年，也重新建构了野地。在他这里，少年不仅是一个生理阶段，不仅具有成长和成熟的向度，少年的故事不完全是过渡性叙事，少年在野地游荡，他和野地互相发现和界定，由此构成一个道法自然的精神世界，它与成人的、世俗的、变化不定的社会遥相问难，成为世界的另一种可能、另一个面向。

张炜心中一直住着一个少年。张炜写了很多书，他却一直不曾想起，他原本可以为孩子们写书，他的少年故事应该讲给少年。大概是出版社的编辑们看出了此中一片天地，纷纷鼓动，写吧写吧，于是，张炜写了《半岛哈里哈气》《少年与海》，现在又写了《寻找鱼王》。

于是，我们有了一位新的儿童文学作家。在中国，“儿童文学”

指的不仅仅是儿童，而是以零岁直到十八岁的未成年人为对象的文学。这种能指与所指之间的不对称约定俗成，但也是一种下意识的闪避，“大人”们似乎宁可忘记，在大人和小小的儿童之间还有少年，还绵亘着一段孤独、焦虑、躁动、令为人父母和为人师长者头疼不已的青春期。闪避的结果是，书店里铺天盖地都是“青春文学”：同龄人写而同龄人读，这在世界各国的书店里都是罕见的现象，似乎是，在我们这里，年长的人们沉默无声，只有青春期的孩子们相互倾诉和抚慰。

“青春文学”的流行是文化之病。经历着急剧的社会变化、快速的经验折旧，我们似乎已经失去了与孩子对话的能力和自信。在家庭里，我们怯于和孩子们深入地讨论价值和意义问题，我们把复杂的价值疑难简化成一个粗暴的终极律令：必须上进、必须成功。我们本该知道，成功不是人生和世界的答案，但是我们却无法给出更具说服力的故事——故事，求其本义，就是过去的事，是人类丰富经验的凝结和延续，是年长的、见多识广的讲述者在传授人生的智慧。在这个意义上，讲故事的能力和自信就是文化的能力和自信。成人书写的贫弱和青春期自我书写的繁盛，透露着“故事”的危机。

而《寻找鱼王》是真正的故事。一个立志成为鱼王、获得成功的少年，先后师从于两位老人。你也许可以想象，他最终学得绝技，显耀于世。这是武侠小说式“成人童话”，它许诺着承认和成功，把人的成长解释为游戏通关的顺利与挫折——你需要的仅仅是外在的“装备”。但在《寻找鱼王》中，两个老人传授的并非成功之路，而是对人生宽阔、丰富的理解。人生还有美、有爱、有慈悲，还有敬畏和谦卑，还有耐心和持守，还有信义，还有自尊，这些事，都是比成功更重要的事。

在荒山上、野水间，孩子与两个老人相依相随，老人是孤独的，他们经历了、远离了人世纷争，但是老人将纷争化为经验，现在，在远离尘嚣的地方，老人把这一切教给孩子，这不是仅仅关于此时，更不是关于手机、服饰和发型，而是关于更长久、更基本的事，长久得如同山水，基本得如同自然。

由此，《寻找鱼王》回应着中国儿童文学的一个紧要危机，我们所缺的或许就是这样一种文化自信，不管世事如何变迁，不管每一代年轻人过着什么样的物质生活、怀着什么样的热望和梦想，时间和自然之中依然存在着指引人生的恒常之理。成年人、老人依然有话可说，不是说教，不是规训，而是在大地之上、故老相传的故事中，把那些基本的人类经验，关于人类如何达至善好生活的经验传递给后人。

当然，这种自信的前提，首先是我们自己是真的信的。而张炜恰好就是那个信者，多少年来，他一直是那个游荡于野地的少年，而这野地不仅是浪漫主义文学传统的野地，也是齐东野语的、蒲松龄的旷野，现在，他走到这个时代的少年面前，像一个老人、像一个同龄人，讲述古老而长新的中国故事。

新方言与部落之巫

——文珍《我们夜里在美术馆谈恋爱》序

文珍小说中人，常在自闭状态：那个躲在衣柜里的女人，那个对着录音机自问自答的女人，还有，那个微笑着告别了闺蜜，然后开一间房，把自己泡在浴缸血水中的女人……

都是女人。文珍也是女人。在女性书写的谱系中，她悄然站到了一个特殊的位置：不是先知或烈士，不是文艺青年，她站在特定的人群之中。

让我们看看这人群：她们是北上广深等等大城市中的职业女性，生于20世纪80年代，受过良好教育，供职于公司、银行、事业单位；她们中大部分人远离父母和家乡，她年轻着，但时时刻刻意识到自己就要老了，而婚姻，对她来说远不是理所当然，她知道自己随时会被剩下——没有什么理由，只是这个世界如此大又如此小，太小了，碰不到那人，太大了，找不到那人。没有什么是确定的牢固的，如羁旅过客，如在浩大的人群中挤地铁，如租期临近的房子、还贷的短信，如一个又一个相亲的男人……

她们和农民工一样，构成了经济高速发展的“黄金时代”的劳动力基础。她们自己当然不承认这一点，她们有能力自我指认，不是社会的经济的和政治的，而是文化的。的确，她们正在某些方向上悄然塑造着我们的文化：恰好是这个男性的而且是直男的，亢奋的、未免过度亢奋的时代的背面或者阴影——意义的焦虑；无力感，对时光、苍老、孤单；细腻的感性；戏谑的含混和自嘲；不确定性的自我消费——甚至是性别的不确定……她们暗自拓展、开垦我们文化中柔软的、感伤的、弱的、暧昧的区域，文化的后园。

——女性、社会、文化和审美，文珍处在种种幽暗小径的交叉点上。

严格地说，我甚至不认识文珍。我知道她是北大中文系毕业，是人文社的编辑，还写小说。但是除了两三次在文学场合匆匆见面外，我记得我们之间说话最多的一次是在下了飞机走向出口的路上，好像是在谈论她家的猫。然后，有一天她打电话过来，种种不好意思，恨不得随时放下电话，待到真的放下了电话，我才终于猜出她的意思：要出一本小说集，想让我写几句推荐语放在腰封上，当然，最好是写个序。

书稿寄来了，书名有点村上，叫作《我们夜里在美术馆谈恋爱》。看完之后，我告诉她：写序吧。

因为，一二百字的推荐语似乎说不完。

我当然喜欢文珍的小说。这当然不重要。重要的是，除我之外，谁会是她的读者？他和她，他们是怎样的人？以我的揣度，文珍可能为自己选择了一群最难对付的读者。为了说明问题，我可以举出另一个例子，比如“底层写作”，那些写作者其实知道，他所写的人物几乎肯定不会读他的小说。而文珍呢，她也知道，她最可能的读者就是她作品里的人物，她甚至在《银河》中特别提到其中的男女读过《衣柜里的人》，后者是文珍的另一篇小说。

这里存在特殊的困难。小说家们喜欢谈论“人类”，但是，他们不得不面对的现实是，人类、人类中的中国人正被纵横交错地切分成众多、越来越多身份的、文化的部落。世界从没有这样平，也从来没有像这样层峦叠嶂，难以通约。有人在担心方言的消亡，好吧，方言必定消亡，但与此同时，我们正在经历着更为复杂、变动不居的“再方言化”，这种“方言”不再是地方的和语音的，但依然是文化的，而且更文化，它是由共享的经验、情感、价值观、审美趣味和社会意识杂凑起来而又迅速折旧的表意系统。而小说家的困难在于，在每一个部落看来，他们或许都是“外人”，都难以获得认同，除非他们像韩寒或者郭敬明那样赋予某个部落启蒙性的自我意识，除非他们像余华那样在某个部落的形成过程中阴差阳错地成为被征用、借用的重要资源，除非他们能够成为部落中的祭司或巫师，否则，他们很可能自称代表所有人但与所有人无关。

——这就是所谓“纯文学”的困难，普遍性的梗阻。而文珍的困难在另一方面，她选择了一种“新方言写作”，她站在部落的内部，她在讲述“我们”的故事，当然这在“青春文学”中并不构成困难，但问题是，她所在的这个部落已步入“后青春”，青春之“魅”已“祛”，而所有的人对方言谙熟于心，她们确切地知道自己是谁，精于交流、勤于表达，对这样一群人，你还能讲述什么？

我估计，写作时的文珍和给我打电话的文珍一样，写作就是打一个不得不打的电话——羞涩、鼓起勇气、克服困难，然后渐渐地，就像《录音笔记》里那个女人，流畅了自如了，把自己从沉默中释放出来。

文珍所关注的不仅是那些把一个人和另一些人连接在一起的事物，由这种连接，人们行动、言说，发生关系而有了故事；但文珍知道，人们之所以急切地寻求连接，是因为他们恐慌，因为他们实际上是关在“衣柜”里，他们要依靠与外界微弱的联系——看上去喧闹，实际上如此脆弱、如此不可信任——帮助自己躲避幽闭、忘记原子般的孤独。

人们从未像现在这样急切地寻找同类，恨不得把所有的时间都用来在电脑上手机上倾诉、交谈，而事情的另一面是，人们也从未像现在这样害怕面对自我，害怕与自己相处。我们有一个茂盛的外部，外部有多么茂盛，内部就有多么荒凉。

内部闭锁着，沉默着。

文珍因此试图成为巫师，催眠和唤醒。

在这个假期，读张光直的《美术、神话与祭祀》，其中谈到，文字创生于巫，在中华文明进程中，文字是政治权力的必要条件，它是人与天沟通的媒介，巫借此召唤和确立人群和部落的认同；但事情的另一面，张光直先生似乎并未察觉，巫借助文字，也获得了抵达、唤醒和建构内心生活的能力：无以名状的恐惧、焦虑、欲望和疼痛，由此变成了被名状、被意识到的事物。一些巫沿着大路成了国王，一些巫沿着小路成了诗人。

太多的小说停留于行动和态度。作为巫的文珍力图写出行动和态度之下的心理。不借助隐喻和象征——任何一个巫都需要道具，文珍也使用隐喻和象征，但是，她主要是运用她的基本能力，以文字做出指认和命名。在她的小说中，人物的行动并非不言自明，人并非在黑暗中没头没脑地奔走，很多小说家预设，所有的读者都会理解人们何以如此，因为我们大家都是如此，我们大家都知道支配着我们行动的本能和逻辑，那个世界的真相，那个已经写定、存放在所有人心中的剧本，但这是多么不称职的巫，他把我们放逐到蒙昧混沌之中，他忘了，人们之所以有沟通天人的欲求，就是因为，每个人都相信，自己有独特的命，有一种与庞大的世界戏剧对抗的内在理由，而巫要把这理由告诉他们。

文珍是称职的巫，她致力于讲述内在的故事，人物怎么想，她何以如此，她与自我的对话，她给自己的说法，她的自我推敲和自我分析——作为诗人的巫的现代形态是小说家或心理医生，当人们被内部那些无法命名的东西胀满了，折磨着，医生来了，她告诉她，那些东西是什么，把她从幽暗中释放、照亮。

通过新方言写作，一个写作者回到了人类状况的具体性；通过如巫一般心理的、内在的讲述，她又有可能重新回到那种普遍性上去。一个一个的人，只有封闭自己，把自己外部化，把自己的一部分拿出去与人共享，她才能确立起部落的认同；事情的吊诡之处在于，当她被从内部打开，回到她的本心和初心时，她就超越了她的部落，面对天和地，面对普遍的人性。

所以，文珍的读者包括她选定的人，也包括那些未被选定的人，比如我。

但是，文珍的打开还不够强劲、不够宽阔，受制于她所在部落的世界观，她常常过于小心过于文雅，因文雅善良而拘谨，巫应该神游八极，应该有一份天地不仁而任它天塌地陷的刚忍。

总之，是个巫。祝她变大巫。

2014 年 10 月 5 日

“挂托邦”

——黄惊涛《引体向上》序

科幻有软科幻，有硬科幻。硬科幻只有理工男写得了，一切都建立在技术细节和科学想象之上。

黄惊涛是文科出身，写科幻只能软得不能再软。他的宇宙论基本停留在牛顿力学的水平，而他飞向宇宙的办法很像是霍格沃茨魔法学校教出来的。

——很高兴有机会公开嘲笑惊涛，当他准备写这样一本书时，他也肯定准备好了接受诸如此类的嘲笑。“引体向上”，我已经很多很多年不曾做过这个动作，把自己挂在单杠上，凭两条胳膊的力量与地心引力对抗，这与揪着自己的头发离开地球相比，只是多了一杠。在力不能支的时候，我们纷纷从杠子上掉下来，让沉重的肉身掉在踏实的大地上，而惊涛却依然把自己挂在杠子上，仰观天俯瞰地，有所思有所寄，看来他是打算这么一直挂下去，在单杠上缔造一个伟大的王国。如今在文学评论的学术话语中，大家正在拼命地用什么什么“托邦”造词，那么好吧，黄惊涛给自己造了一个“挂托邦”。

很可笑是吧？如果我们真的能够在近地轨道上环行并且观察这小

小寰球上的无数细节，我保证，我会仔细地遥望着那一小片蓝水的边缘，一个小如芥子名叫广州的地方，一个灵长类人科动物所做的如此执着的努力，他挂在哪儿，想象着自己和老婆一起被发射出去，巡天遥看一千河，对着遥远的地球喋喋不休地发表评论和演讲……

他的话可真多啊，他像太空漫步的哈姆雷特，这时他面对的不是墓园中可笑的骷髅，而是争利于蜗角的人世，背负青天朝下看，一切都是嗡嗡叫，而唯一被放大、被呈现的声音，只有他自己，思考的、感伤的、评述的、宣叙的、柔情蜜意的、冷嘲热讽的、悲恸且深长的……这个声音本来内在而私密，它包含着平日归于沉默的翻腾思绪，但是在惊涛所设定的情境中，它扩展为宇宙背景下的言谈，获得了一种寂寞的、无效的公开性和公共性，这对夫妻的对话没有听众，但他们的话同时又是面对着远处的地球，这是庄严、宏大，又是矫揉造作，是在严肃地自我拔高但又会忍俊不禁地笑场。

就好比，一对夫妻在空旷的剧场中演戏，而剧场外是茫茫人海。

这部小说就是这场戏。惊涛本来也不是要写一部科幻小说，他只是着迷于他所设想的这个发声的情境和角度，这情境和角度使话语获得了辽阔卷曲的空间，在这个空间里，喧嚣与寂静、庄重与放浪、灵与肉、矛和盾，相互对抗相互转化，亦此亦彼、亦真亦假，宇宙是舞台，话语呈现为漫游太空的戏剧。而正如哈姆雷特所传授的那样，这种重叠着独语和对话的声音，表现而反讽，本身就是从根部推敲着现代意义上的“存在”。

所以，对黄惊涛来说，在整个小说的进展过程中，他所经受的考验不在情节、人物和性格，而是有没有足够的力比多，有没有与自己、与这个世界争辩和讨论的足够热情和力量。

——他当然是有的，他已经用这么厚的一本书证明了这一点。

而且他一直在证明，他是一个“引体向上”的小说家，他一直在与地心引力斗争，他目前为止的所有小说，都奋力向着星空，这持久而紧张、严肃而滑稽的动作中包含着他对大地和俗世的愤怒和深情、批判和肯定。

愿他挺住，安居于他的“挂托邦”。

2016 年 7 月 31 日晚于西山

终于认出东君

那日在宁波，评《文学港》杂志的储吉旺文学奖，东君得了大奖。

东君我是认识的，也曾温州喝过酒，也曾西湖饮过茶。

但想了想，东君长什么样子，想不起来。实际上，有几次，当面见了，一时竟认不出来。

却记得东君的字好，是魏晋钟王的路子，有根底有来历，大处端正，小处放荡。江南文人的字，我见过的，大多走的是这一路，荆歌、艾伟等等。这似乎是传统，似乎也是地气使然，比如黄酒，北人如我就禁不住，喝得轻易，醉也轻易，醉了轻易不醒。字亦如此，曾听了艾伟指点，练了几日钟繇，束手束脚，练不下去，改练褚遂良、赵佶，挺拔有风雪冰霜，方合我意。

其实认识东君很久了。那时我是编辑，他是作者。也不记得何时起，东君常有稿子寄来。有一段时间，收到他的稿子，泡上茶、点上烟，便看边叹。叹的是好。看完了，再叹，拽过信笺，写道：稿子好，但我这里不合用，另有好的望随时寄来。

由此可见，我终究不是任性的人，办刊物时，有的稿子，发了未必代表我喜欢，不发不一定说明我不喜欢。

那些被我退掉的稿子，后来编为《东瓯小史》，一本有趣的书。作为读者，完全可以任性，在此推荐一下，建议大家找来闲读。写的皆是旧时文人，却不是那种夸风骨、扮风雅的俗文，而是极写文人之俗，把委琐写出了颓然风致。当日读时，我觉得有《儒林外史》《何典》之风——但也不恰切，《儒林》锋利，《何典》狭邪，《东瓯小史》幽暗，恰如在江南梅雨中玩味人性的发霉。

东君依旧不慌不忙地寄稿子来，比如那篇《听洪素手弹琴》，我喜欢，也发了。一次说起，为什么不写《东瓯小史》那样的东西了？言下是带着一点歉意，担心他被我打击了，东君只是淡淡地说，过四五年换个写法写写，不然没意思的。

好吧，这就怪不得我了。仔细想想，他也确实如此，过几年换个写法写写，比如此次获奖的这篇《〈约伯记〉第二十四章十八节》比起《听洪素手弹琴》便是两副手眼和两种好。

好处也不细说了。只说一件事，就是，小说里，主人公带刀行走，状似要杀人，杀恶人、报仇。转了一圈，也不见他杀人，倒是不小心救了一个老太太的命，老太太缓过气来，说：你给我念念经吧。

他就念，念的是《旧约 · 约伯记》，念着念着，老太太说，慢着，你念漏了一句。

那漏掉的一句就是《约伯记》第二十四章第十八节，神应许道："这些恶人犹如浮萍快快漂去，他们所得的分在世上被诅咒；他们不得再走葡萄园的路。”

然后，他带着老太太送他的苹果回家，路上差点被飞驰的摩托撞了，又被比他高比他壮的骑摩托者打了一顿。当然，他没有拔出他的刀。

所以，这小说的意思是明白的，那意思其实在《约伯记》二十四章的第一节，劈头就问了一个要神命的问题：“全能者，既定期罚恶，为何不使认识他的人，看见那日子呢？”

我把这一章仔细看了两遍，似乎神始终没有正面回答这个问题，他列举了人世的种种恶行，然后郑重应许，他会定期罚恶。

但“为何不使认识他的人，看见那日子呢”？

而神要结束谈话了：

第二十五节写道：“若不是这样，谁能证实我是说谎的，将我的言语驳为虚空呢？”

好吧。我们只能回到基督教神学的根本前提上去，那就是“信”。

孤独的人们，贫弱的人们，内心枯竭荒凉的人们，他们的“信”。

在中国，那份可疑的、风中之烛般脆弱的“信”。

——这是东君近些年来内在的写作方向。

我很想和东君好好谈谈。不酒不茶，只是说话。谈信与仰，谈神的言语和虚空。

谈的时候，我愿还有一人在座，他叫远藤周作，一个令我畏惧和慌乱的人，他写过《沉默》和《深河》。

前几日，又见东君，有酒有茶，言笑晏晏。当然没有远藤周作，那人早死了。坐了一晚，没谈信仰没谈言语虚空，谈笑间却留心细细看了东君，我想以后我会记住他、认出他，以前记不住，因为这个江南人照例长得正规清爽，他不肯任性，留下让你记住的破绽和缺陷，但现在，我终于看出来，这个人的脸上是有一种明确的记号，它叫“弱”——是必须参照《圣经》才能依稀辨认出的“弱”。

2015 年 10 月 13 日零时

枯竭而写

——于一爽《火不是我点的》序

当然，她是特殊的。读于一爽的小说，有时恍如时光倒流，回到上世纪 90 年代，那时在北京和南京，也有一些小说家这么干过，不过他们都是男的，而且他们现在都老了。

面对着星辰大海，面对鸡毛和蒜皮，这世间的某个人无来路、无去处，他纯属偶然，他必须从内部领会这种没道理的偶然。这是一种在上世纪 90 年代萌发的观点。至于为什么是 90 年代，说来话长而且也没什么新话，总之，就是这样了，天地翻覆，人原来是在人群里、在历史中，现在呢，仰观天俯察地，你发现你其实不知道自己在哪里，如同一个悬浮的基本粒子，既无从逃逸也不知目的。这件事，大大到了虚无，小小到了不值一提。意识到这一点，那些人勉为其难地写着小说，似乎他们写小说只是为了证明他们的无话可说。就像禁欲是纵欲的理由，厌食是饕餮的理由。

——这是病，得治。老男人们已经治好了，或者知道了自己在哪儿，或者无话可说就不说了。

而于一爽却毫无理由地穿越过来。她身处这个时代喧嚣的中心，她一直在媒体、在网站工作，民工一样搬运钢筋水泥，修建话语的高速公路；然而，她同时是一个格格不入者，一个深刻地怀疑话语之可能的人——她怀疑的不是某种特定意义，不是是否正确或准确，而是怀疑对一个基本粒子来说，一切是否可能。

“怀疑”是于一爽自己的概括，她把她的第一部小说集命名为《一切坚固的都烟消云散》。我们都知道这句话出自马克思，而美国人马歇尔·伯曼把他探究现代性体验的著作命名为《一切坚固的东西都烟消云散了》。然后，于一爽希望我为她的那本书写一个序。这在后来被证明是一项艰巨的、注定不能完成的工作，你对于一切坚固之物的不存在还能说出什么来呢？尤其我面对的是一本小说，你怀疑着倾听自己，然后眼看着一切从内部坍塌下来，对此，一个外人，或者一个评论者如我是没有什么话可说的，这里发生的是一种真正的现代性体验，一种私密的、拒绝判断和分析的孤独和沉默。

现在，我的面前是这本《火不是我点的》。坦率地说，她在这么短的时间里写出第二本小说使我大感意外。我的确暗自确信，她过不了多久就不会再写了。正如我一开始所言，某种内在于她的根本观点会侵蚀写作，在这种观点下，写作终究会被证明是令人厌倦的无意义之事。

但是，她很快又写了一本，她在极度的厌倦中亢奋，怀疑之毒欣快、致幻，使得她具有一种“自我的艺术家”的暴烈的、毁灭性的戏剧感。她的小说中贯彻着一种声音和眼光，这种有着明确主权和意志的声音和眼光穿透了人称限制：精确地选择细节，尖刻地自我打量和自我推敲，随时爆发的对自己的恶意和嫌憎，以及那种蓄意的不得体、蓄意的口无遮拦……她竟然还写得出故事，因为对她来说，故事就是最后的戏剧，就是世界终止于自我的黑洞，就是烟消云散。

是的，当我提到“自我的艺术家”时，我指的就是哈罗德·布卢姆阐释下的哈姆雷特，那是第一个现代人，一个现代的原初形象。我看到哈姆雷特在墓园里大谈骷髅，我也看到于一爽在肆无忌惮令人麻木地发动脏话的轰炸，这种类比并不突兀，这只是说明了，现代性体验从一开始到现在都是一种枯竭的体验，也都在从枯竭中形成全世界都冲着我来，世界大战只是为了炸我的戏剧叙述。它既是向着基本粒子的还原，也致力于使基本粒子膨胀成星辰宇宙。

这种枯竭，在90年代曾有表露，但后来已经被生活、物质、历史、市场、互联网和YY有效疗治。在这个意义上，于一爽醉醺醺的出现是特殊的，她不是一个新人，她是一个老人，但每一次老人的重新出现都是有意思的，都是一次咒语般的提醒，如同约翰·巴思在上世纪50年代的美国断言小说的枯竭一样，于一爽也是在重新求证一种枯竭的可能。

毕竟，小说往往开始于无话可说之时。

不断有人前往枯竭之地，走迷了路，荷戟彷徨，于一爽不是最后一个。

2016年6月5日中午

一切的理由

——《2014 年中国最佳短篇小说》序

在幽暗的夜晚，一支火柴划亮，硫黄的干燥的香气，就借着这点亮，两张脸浮现出来。

忽然，一望无际的平静水面上的某一个点，浪花翻涌，似乎在那下面，有一口小小的锅达到了沸点。

一个气泡自坚硬的泥土慢慢生长，随时破灭，但竟然膨胀。

一次小小的远征，结束时，大军原地不动。

在物理学家注视下，尘埃如花一般绽放。

——这都是短篇小说。

短篇小说为这个世界上的人提供理由。

是的，一切都是有理由的。活着、爱、恨、悲伤、喜乐、安稳和命悬一线，不需要到某一份巨大规划中去找理由，只是在此时此刻，它便具足、充裕、深长。

短篇小说是片断，但它同时反对片断和碎片，它一直是、必将是对整全的召唤，它假设自己是从某种整全状态中分离出来的片断，它想象着、指涉着某种可能或不可能的整全。也正因此，它同时是隐秘的伤痛，是存在之伤，是对残缺、失落的意识，也是对残缺、失落的抚慰。

《亲人》《大雨如注》《国士》《买房记》《聚铁铸错》《轨道八号线》《小流放》《侍魂》《故乡》《上帝选中的摄影师》《她的名字》《周末》《夏蜂》《看不见的城市》《天使之油》《三个男人》。我从我的阅读中选出这十六篇，不是因为它们是最好的。实际上我并不知道什么是最好，我所知的只是，当忙碌的白昼过去，在夜晚在灯下读着这些小说，它们中的每一篇都构成了一种平行的“现实”，这种“现实”并不映照白昼，它是在纷乱白昼中被忽略、遗忘、淹没的某种事物，它此时竟清晰地浮现出来。

去古不远。我常常想起《诗经》中的第一篇，一个男子被爱情和欲望所苦，辗转反侧，深感夜之长、心之乱，这时，他忽然听见，远处，河中之洲上，两只鸟在应答对谈。

静下来，世上只有这声音。关和关，来自雎和鸠。

这声音和你无关。但又和你深切相关，似乎在这时，世界的分量尽在其中，似乎所有最沉重混浊的一切，都化在这简要、清澈、在黑暗中明灭闪烁的声音中，这声音飞着，在近处，或者远了。

好吧，晚安。

2014 年 4 月 29 日

第四辑

致法兰克福书展

——为孔子学院“中国文学新声音”作

对中国来说，历史并未终结。在这个国家的所有的人面前，未来是敞开的，有待于探索、选择和创造。在这个过程中，我们持续不断地进行自我推敲和自我塑造，我们迫切需要思考和确认自己在这个世界上的形象、命运和责任，探讨自己是谁，和将要成为谁。

——这赋予这个国家的文学庞杂的资源和充沛的活力。有一点可能是欧美的读者很难理解的，那就是，现在活着的中国作家，不管是年长的还是年轻的，他们都在他们的生命中经历了沧海桑田，经历了巨大而彻底的变化，而且这种变化正在持续。变化不是以战争或革命的形式实现，它们在经验中暗自运行，历史化为了日常生活，悄然修改、置换了所有的一切。我们如同置身于一列高速火车上，我们如常地坐着或行走，但是，当目光转向窗外，我们会忽然意识到，我们已经以惊人的速度走出了很远。

这里有一个奇妙的例子：就在不久前，当中国政府宣布修改实行多年的政策，鼓励民众生育二胎时，那些生于上世纪80年代的人们发现，他们的生命本身忽然获得了一种巨大而奇异的意义——他们构成了历史上特殊的、可能是空前绝后的独生子女群体。这其中铭刻着中国在过去四十年中发生变化的巨大规模，以及这种变化在人们经验中抵达的深度。

所以，对年轻的中国小说家来说，如何讲述自己的故事，如何处理这些错综复杂的、细小而庞大的经验，这构成了他们的根本问题和挑战。显而易见的是，他们越来越清楚地意识到，无论是中国过往的文学经验，还是来自西方的文学经验，都不能为他们提供决定性的支持，他们确切地知道，在这个时代、这片土地和这广大的人群中间，确实有一些故事从来不曾被讲述。

——这是小说家的幸运，也是小说家的困难。欧美读者在面对中国文学时，也许习惯于看到对一切做出鲜明判断的小说家，如果小说家可以被比喻成画家，那么，可能有的朋友期待着一个中国作家只提供黑与白的图景。但是，这些朋友将会发现，当今中国的年轻作家，他们的色彩更为混杂，他们或许是中国现代以来最具全球化视野和经验的一代作家，但恰恰是这种视野和经验使他们难以用一种外部化的眼光看待中国。他们并不像他们的一些长辈那样，先定地认为中国和西方之间存在着原罪式的精神或文化落差，并为此羞愧。这种羞愧的写作曾经暗自支配着一些中国作家，但现在，这些年轻人或许更加坦然，他们更加确信，发生在他们身上和他们周围的故事无法从外部得到简单的解释，更不用说判断；而从自身的生命内部、从中国经验的本位对这一切做出表达，这恰恰是一个中国作家面向人类和世界时最自然、最有效的姿态。

路内生于70年代，于一爽生于20世纪80年代。路内生活在上海，于一爽生活在北京，这恰好是中国两个最大的城市，也是集中体现了中国巨大变化的城市。但这两个城市又如此不同，以致一个中国人能够一眼辨认出上海人和北京人。这两位作家以各自的角度、方式和语调讲述着各自的生活世界。在于一爽的讲述中，人们可以听出西方文学的回响，但是，一个中国读者又能清楚地听出，这属于北京，这是帝国都城中游荡者的声音，从上世纪80年代起不绝如缕，对历史巨变的压力做出边缘的应答。而路内，他更像一个职业小说家，致力于构筑色彩斑斓的小说世界，他敏锐而专注地分析中国生活的复杂经验和人们幽深的道德境遇，由此提供了关于人的身份、人的自我意识的喧闹戏剧。

这两个作家，他们都在讲述自己的故事，也在讲述中国的故事。这种讲述也许主要不是面对外国读者的——他们首先是对着自己、对着和他们分享着共同经验背景的中国读者。他们知道，他们的任何矫饰、说谎、夸张都会被一眼看出。他们真挚。他们忠实于自己。

2016年9月9日

当我们谈论网络文学，我们在谈论什么

一

当我们谈论网络文学，我们在谈论什么？在很多会上，你常常会发现大家谈论的对象各不相同，有的从媒介革命的角度，把网络文学视为纸质文学的未来；有的认为，网上出现的一切文学作品都是网络文学，照此说来《红楼梦》上了网也是网络文学；有的从生产机制着眼，认为在网上创作和发表的作品是网络文学，包括帖子、微博、微信等等；有的把实验性的、探索网络可能性的文本视为网络文学，赛博文本、超文本等等。大家说的常常不是一件事。

为了有效地讨论问题，我们得先来界定什么是网络文学。在这个问题上，我看我们也不必作唯名论者，你叫张宇航但你不一定是个宇航员。在语言学上，能指与所指的关系是任意的、但是约定俗成的，就网络文学来说，什么是约定俗成呢？其实很明白，大概主要就是指在网上生成和阅读的那些长篇小说。让我们为之困惑、构成了重要的文化和文学现象的就是这件事。

对象明确了，我们才能认识、探讨这个对象。网络是前所未有的，是全新的事物，那么网络文学呢？网络文学刚出现时，有很多人宣称这是全新的文学，未来而将来的文学，横空出世。现在，有了足够多的作品放在那里，网络文学作家和相关从业人员也有了冷静的自觉，于是，对网络文学的前世今生也有了大致的共识——我所接触的网络文学作家和编辑都承认，这就是通俗文学，其基本形态就是类型小说。

至此，问题就比较清楚了，不是横空出世，而是前度刘郎。我们就能从一个历史脉络中考察网络文学的性质、特点，它在中国文学中的地位和意义。

中国一直就有通俗文学的传统，我们常说的唐诗、宋词、元曲、明清小说，后两者当初都是通俗文学，不登大雅之堂，元曲作为文学正典被研究是在上世纪三十年代，当时北大开元曲课还有争议，被认为不靠谱；明清小说被纳入正典是新文学运动早期的事。晚清和现代，随着中国社会的现代化进程，通俗文学有过很大的繁荣，晚清的通俗小说类型已经很丰富，后来有了鸳鸯蝴蝶派、张恨水、还珠楼主等等，在当时有很大影响。由于时代主题的变化，这一路偏重消费性、娱乐性的写作消歇下去了。但是，从三十年代的大众化运动，到《在延安文艺座谈会上的讲话》、解放区文学，大众化、通俗化成为重要的、基本的文学诉求，虽然 1949 年以后传统的类型化小说基本没有了，但也形成了新的革命的通俗文学传统。到了 80 年代，情况又是一变，出来个“纯文学”，通俗文学在理论和创作上都变成了很边缘的东西，只在《今古奇观》之类的杂志上还有。但即使是 80 年代，我们也开始读琼瑶，读金庸、梁羽生、古龙。随着改革开放和市场经济的发展、大规模的城市化进程和人民精神文化需求的日益丰富多样，这样的文学需求越来越大。但是，在“纯文学”一统江湖的情况下，它很难在原有的文学生产机制中得到释放。结果到90年代末期，互联网来了，出现了一片新天地，这种需求和能量一下子在网上迸发出来，投互联网之胎，转通俗文学之世，纯文学一下子变成了“传统文学”，这个叫法其实很不准确，但现在这也是约定俗成，只好这样。一开始的网络文学，现在看，其实还是传统文学，但是很快，它就向着通俗化、类型化发展了。

从这样一个脉络中，我们就能够理解何以中国会有网络文学，它是一个历史的产物。欧美没有网络文学，他们在网上主要是超文本、电子文学。为什么没有？因为它那里已有充分发育的通俗文学生态，不需要在网络上释放。

有一度大家一谈到网络文学就含糊其辞，因为没有一个历史的参照系，被“网络”二字吓住了，莫名惊诧，不知道该把这个文学往哪摆。其实位置很清楚，就是通俗文学。当然通俗文学不限于网上，网下也有，但现在中国通俗文学的主体是在网上。

由此，我们也可以把一些伪问题放下，比如网络文学是不是会取代传统文学？古今中外的文学发展表明，它们之间不存在谁取代谁的问题。在市场上，通俗文学很可能会占相当大的份额，不仅中国，外国也是这样，但传统文学的价值是不可替代的。

我们要放下两种傲慢与偏见，传统文学依靠思想和艺术品质对网络文学抱有傲慢与偏见，网络文学背靠市场而对传统文学抱有傲慢与偏见。实际上，它们应该是并行不悖的，它们都能从对方得到重要的支持和营养，共同构成一个完整、健全的文学生态。

二

因为搞不清网络文学是什么，以为是天外来客，所以就有了评价标准和评价体系的困惑。现在，如果我们确认，网络文学不是天上掉下来的，它就是通俗文学，那么，它的标准、它的评价体系就不必从白纸上建起、从零建起。我认为，我们起码可以从这么几个方向去做出探索。

一是从传统中找。在这方面，大家已经有了比较清晰的认识，网络文学继承了中外通俗文学传统，也受到了青年亚文化和二次元文化的深刻影响。看一部作品，考察它的传统来源，它受了什么影响，在传统的脉络中去估价它的创造性，这是基本的批评方法。比如你写武侠小说，那么，现代以来，从还珠楼主到“金梁古”，就构成了你的参照系。当然我们需要对通俗文学传统有广博和深入的认识，入乡随俗，到什么山说什么话。

二是从网络性中去找。网络文学的重要创造，也是现在谈得比较多的，是它的交互性和读者参与，有效运用了网络技术的可能性。当然，也有人谈到，这是古老的说书人传统的复归。过去的纯文学作家是自我诉说的，当然他可能有一个想象中的读者，但写作的基本语态是独语。说书人不是这样，他要回应听众的反应，语态是对话的、交流的。网络文学在这方面有很大的发展，它使创作和阅读几乎同步发生，天天如此，长时间如此，形成一个日常化的交流场域。很多人诟病，网络文学为什么那么长？其实，长是通俗文学的常态，过去也一向如此，《蜀山剑侠传》就长得惊人，当年扬州评话的大师王少堂说《武松》，好几个晚上过去了，武松进了店门还没喝上酒呢。国外的通俗小说，也是成系列，或者没完没了往下续。网络文学把这个特性发挥到极致，它提高读者黏性，深度地介入读者的生活，天天都要读一段，等于是生活的一部分。也正因为如此，它也常常是欲罢不能，我天天跟着你，结果你把主人公弄死了，这怎么行？创作和阅读差不多同步进行，渐渐地这变成大家的事了，日子过着过着你说不过了，这不行。这也和媒介有关系，从历史上看，通俗文学对媒介是最敏感的，每一次大众媒介的革命，都会带来通俗文学的大繁荣。明代商业印刷形成规模，诗歌没什么反应，但通俗的长篇小说一下子兴起了；后来报纸出现了，于是有了大量的连载小说，金庸的小说最初都是在报上连载；现在有了网络，又是一个发展，而且趋势是越来越长。网络的发展、手机客户端的发展，会深刻地影响通俗文学的生态，影响它的艺术形式，现在我们看到的可能仅仅是一个开端，我甚至认为，现在的网络文学在运用网络技术方面还偏于保守，还有很多可能性远没有穷尽。

三是从读者反应去找。既然网络文学是面向大众的通俗文学，那么读者喜不喜欢，当然是一个重要的评价标准，实际上这也是市场标准。但是这里边的情况很复杂，读者是在海量的文本中做出选择，这个选择实际上不可能是完全自主自发的。我们都知道，市场经济中，消费者是处于信息不对称状态，你实际上很难准确地知道自己应该选择什么，这个选择是要靠市场机制、靠广告、靠营销帮助你做出。也就是说，读者的需求有时是真实的，有时是扭曲的，有时是被忽悠出来的。在文化产品中，这个问题尤其重要，对读者反应也要有分析，也要看到这种反应背后的商业机制，看到商业机制是如何引导、调动读者反应的。否则，还评价什么？看谁的点击数最多不就行了？

第四，也是最重要的，要看价值观。网络文学作为通俗文学，价值观的问题不是没有，而是更加突出。它是消费的、娱乐的、日常的，天天陪着你，你跟读一部网络小说，把自己代入进去，一跟就是一年，这就叫潜移默化、以文化人，一个人对世界、对自我的内在看法由此受到深刻影响。

总之，我认为要把以上几个因素综合起来考量。要充分考虑到网络文学的通俗文学属性，不能简单粗暴地把传统文学的标准拿过来，你非要按托尔斯泰的标准去要求一部通俗小说不是缘木求鱼吗？同时，网络文学也要强化文学的自觉，把古今中外的通俗文学优秀作品作为参照系，认真研究创作规律，提高思想和艺术水平。

三

现在，大家都感到有必要加强网络文学的评论，但做起来又觉得很困难。评论家面对海量的文本，真是老虎吃天，无从下嘴。更重要的是，网络文学形成了与传统文学很不一样的生产和消费机制，评论家在这个机制中还找不到有效的位置，他对具体作品的评论所能够起的作用是很有限的。你即使发了言，你的声音也是非常微弱的，如针入大海。所以，我们还需要认清网络文学的特殊性，有的放矢地探索有效的机制和办法。

同时，网络文学评价标准和体系的建设之所以困难，也是因为，我们虽然知道大致的方向，但是缺乏知识准备和理论准备。很长一段时间以来，我们的文学理论是建立在纯文学传统之上的，对通俗文学和大众文化的研究没有充分展开。我们的文学观念里就没有配置这个，好比是在苹果系统上运行安卓，当然就不匹配不适应。所以，当务之急是加强相关的理论研究。当然这样的研究不是从理论到理论，而是面对新鲜的文学经验，努力回应网络文学提出的问题。

例如，文学的大众化、通俗化问题，普及和提高的关系、阳春白雪和下里巴人的关系问题。这些问题毛泽东同志《在延安文艺座谈会上的讲话》和《新民主主义论》中都做过有力的论述，解放区文学和新中国文学也都积累了丰富的创作经验。但是，在新的历史条件下，面对时代的发展变化，需要我们做出新的理论探索。

例如通俗文学与现实的关系问题。我们说文学要认识、表现、反映现实，但是，在网络文学中，我们怎么看待玄幻小说、穿越小说、武侠小说等等？它们是否具有现实性？依我看，表面上是飞到了十万八千里以外，但根子还是在现实的土壤里，这些小说是在通过幻想的镜子来应对现实。幻想、梦想机制在通俗文学中是很基本的配置，即使是职场小说、都市言情小说，反映的是当代生活，内在的机制也是诉诸读者的代入感，这与传统文学是不同的，读《阿Q正传》、你不会想象自己是阿Q，读《红高粱》，你一般也不会觉得自己是“我爷爷”“我奶奶”，但读通俗文学，你通常会有代入感，认同乃至扮演某个角色。这实际上也是一种白日梦机制，它表达了人的希望和向往，缓解和平复了现实生活中的种种压力和焦虑，由此形成了通俗文学的特定形态和艺术方式。对此我们的文学理论无法应对，我们对大众水平上的幻想诗学、梦想心理学研究得很不够。

例如通俗文学的经典性与当下性。经典性是文学的重要诉求，也是大家现在对网络文学的一项主要质疑。经典的产生当然是重要的，但一个时代的文学作品，成为经典的总是少数、极少数，但这不意味着没有成为经典就没有意义。这就好比，我们这些人谁都不是伟人，也成不了伟人，但能不能说成不了伟人就都白活了？恐怕不能这么说。藏之名山、传诸后世不是通俗文学的首要目的，明清小说的作者，连个真名都不落，一方面是因为在当时写小说是下里巴人不体面的事，另一方面，也是因为作为通俗文学，他们没有强烈的追求立言不朽的愿望。通俗文学的目的首先是抚慰当下的具体的人。一个青年工人，工间休息时拿出手机看一段小说，就那么点时间，放松一下，也没功夫蕴藉沉思，太蕴藉了要出事故。当然，网络文学肯定会出精品，我们也会有我们的《指环王》《哈利·波特》，但这一定是大量创作经验和阅读经验积累的结果，不可能一蹴而就，即使一时出不了经典，也不能否定其当下存在的价值。

例如通俗文学的类型化问题。通俗文学的客观规律就是类型化，分门别类，应对读者特定的心理需求。网络文学之初，也没有谁倡导类型化，结果做着做着就类型化了。很多类型是在通俗文学的传统中经过长期积淀、慢慢发展起来的，其中包含着一些复杂的原型、成规和技巧，你不遵守它，读者不买账。当然随着人类经验的扩展，也不断有新的类型出现，推理小说是随着现代大都市的出现而出现的，伴随城市化和白领阶层的出现，我们这里有了职场小说，等等。不能说类型化就没有文学价值，就是陈陈相因，每一种类型都包含着对特定领域的人类经验的精深研究和丰富想象。网络文学的类型化，总体上说还处于初级的、粗糙的水平，除了作家的探索，也需要理论上的总结。

例如网络文学的读者心理、接受美学研究以及由此延伸的社会学研究和文化研究。通俗文学的读者在接受上是有它的规律的，比如快感补偿机制，生活中总有不如意，就希望在小说里把自己代入进去，人见人爱，花见花开。同时，它的读者高度分众化，一个读者不会什么都喜欢，他只喜欢某个类型，爱情小说还要分男频女频，专门针对男士和女士，针对女士的，还要分少女还是熟女，已婚还是未婚，工人还是白领，等等。我们对网络文学的读者了解甚少，对他们的年龄分布、职业分布、阅读心理、他们的人生观价值观也很少了解。这方面的研究也会为社会学批评、文化批评提供新的材料，有助于我们认识千千万万人内心在想什么，他们的焦虑与困惑、希望和梦想。

总之，课题很多。加强这方面的理论研究，实际上是补课，生活已经走在理论前边，我们现在应该把传统文学和通俗文学的并存作为一种常态习惯下来，而且从中汲取新的力量。要建立一种全面的文学整体观，包括传统文学，也包括通俗文学，都是文学，不存在谁抢谁的饭碗谁占谁的地盘的问题。在这样一个整体中，传统文学仍然是主流，体现着我们文学和精神的最高水平，但双方要保持充分的交流和对话。现在人们常说，通俗文学要向传统文学学习，这当然是绝对必要的；但事情还有另一面，就是传统文学也要主动、积极地向通俗文学学习。通俗文学听起来不那么高大上，但高大上也是相对的、变动的，长期高大上，不接地气不接人气没有群众基础，就会枯萎就会进博物馆。通俗文学是传统文学保持活力的重要资源，中外文学史上，一些作品本来是通俗文学，但随着时代变化逐渐获得正典地位，这也是文学的常态。在这个意义上说，网络文学的评论和理论工作不仅对网络文学是重要的，而且有利于中国文学的整体发展。从历史上看，没有正统、主流文学与通俗文学的密切交流，就没有伟大的中国文学，现在和未来也同样如此。

四

网络文学必须加强引导。通俗文学本来就有市场驱动的属性，网络文学现在的主要模式就是商业性网站，资本的力量起很大作用，如果没有自律，没有必要的管理，那么，低级庸俗的东西就会大行其道，这也是不以人的意志为转移。国外有个报业大亨说过一句名言：从来没有一家报纸因为低估人性而赔钱。也就是说，资本的逐利性不加管束的话它就一定要不断地跌破底线，贬损人、践踏人的尊严。什么是色情暴力？色情暴力就是对人的贬损，拉着人向下，把人变成物、变成动物。

对千千万万的普通读者来说，这些通俗作品构成了他们精神生活的重要内容，而且网络文学的一个新特点，对一部作品的阅读是一个日常化的、持续时间很长的过程，他的阅读和他在真实世界的行为、想法有一个相互投射影响的关系，在代入性的角色扮演中，他在作品中的第二自我一定会影响到他生活中的第一自我。现在，网络文学的读者主要是青年，很多年轻人由此形成了对世界、对自我基本的感受方式和想象方式。过去是台式机，家长还能管，现在都是手机上网，读者年龄层必定下移，一个孩子掏出手机就可以读，家长也管不了。所以，如何增强社会责任感，培育和践行社会主义核心价值观，这是整个网络文学面临的重大和紧迫的课题。必须大力加强对网络文学的引导，让网络文学成为滋养人的心灵，鼓舞全国人民团结奋进的园地。

现在也有观点，认为网络文学和传统文学的区别就是没有编辑，大家想怎么发就怎么发，所以没办法引导。哪有这种事？你投下资本办一家网站就是为了让大家随便发？事实上，没有一家网站不是深入研究读者心理和市场定位，他们都在琢磨什么样的小说能够满足读者，而且都有一套办法，反过来，他们也会用这一大套办法去要求作者，然后再去向读者营销推广。网络文学的生产机制不是那么简单，没有那么浪漫，全民写作全民阅读，尽情撒欢，不是这样，这里一样有编辑，一样有强势的编辑，问题只在于他用什么样的价值观去选择去引导。

有一次在会上，一位网站的高管介绍了他的生产原则，简单说，就是多巴胺原则、快乐原则，就是读者哪方面欲求不满，你就提供对应的白日梦，他讲得很具体，连基本情节都设定了。我听了很受启发，但是我说，你讲了这么多，恰恰说明你就是那个制片人，你起码手里是有脚本的，你能够引导你的编辑，你也能够有效地引导你的作者和读者。但关键是，我们现在那些脚本，听起来还是过于简单、直接，没有充分考虑人的复杂性、丰富性，没有充分考虑人的精神向度。欲求不满通过一个幻想和梦想机制得到补偿，这确实是通俗文学的基本规律之一，但是，古今中外，那么多优秀的通俗文学，都证明了，它们不满足于简单、直接地回应，他们对人的心理机制有更复杂的认识和了解，对人类生活和社会生活有宽阔的认识，他们也对人的向善向好抱有充分的信念。比如希望成功、希望出人头地，这都没错，但问题是什么样的成功？是豪车美女把别人踩在脚底下洋洋自得还是一种社会意义的实现？有人指出，中外通俗文学的优秀作品中，也写个人成功，比如郭靖最后称雄江湖，但是，这种成功最终都是利他的成功，而我们现在网络小说里的成功往往是纯粹利己的。这难道不值得深思吗？任何一个社会都不能说我们的文化只培养利己主义者，中国更不能这样。

通俗文学对应着人的某些基本欲求和焦虑，但同时，它也追求、想象、探索和表现这些欲求和焦虑的转化和升华，从而体现某种社会广泛认同的主流价值，给读者以意义感。大家常常提到“垃圾”这个词，什么是垃圾？就是直接地、单面地、粗俗地满足某种欲望。而是否转化，能否升华，这就是合格的通俗文学和不合格的通俗文学的基本分界。

所以，网络文学的健康发展需要文学的自觉，更需要文化的自觉，大家要意识到，我们不仅是陪着人取乐的，我们在影响人，甚至塑造人。市场效益和社会效益放在那里，一定要把社会效益放在首位。通俗文学有消费性、娱乐性，但任何时代的通俗文学和大众文化，整体上都是有文化志向的，中国的通俗文学更应该确立自己的文化志向，把弘扬中国社会主义核心价值观放在首要位置，要认真学习和继承革命的通俗文学传统，把个人追求与国家民族复兴的宏伟事业结合起来。幻想绝不能抽去理想，文学绝不能拉着人向下，而要激励人、鼓舞人，引领人奋发向上。

当前，政府有关部门和作协都在大力加强对网络文学的引导。近期各地陆续成立网络作协，这是有力的引导，“净网行动”也是一次有力的引导，是为了促进网络文学的健康发展，在整个行业重申基本规则，整顿市场秩序。否则，都存侥幸之心，都觉得可以试探一下底线，就会造成秩序崩溃、劣币驱逐良币，守法的反而吃亏。加强引导，首先是加强管理，明确网站的责任，“净网行动”也是商业网站加强自清、自律的机会，不要把这件事变成猫鼠游戏，你把自己当成鼠，总有一天会撞见猫。

我非常赞同马识途老先生的观点，对网络文学一要引导，二要多一点宽容。在发展中出现了一些问题，但绝不是说一团漆黑，相反，我认为，网络文学在总体上是好的，在二十年的时间里，出现了一批优秀的作品和作家，满足了广大读者的精神文化需求，是提供了精神上的正能量的。应该从中国文化、中国文学整体发展的战略高度看待网络文学的意义和作用，通俗文学与传统文学的并存和相互促进，才是一个健全的文学生态，才能全面地满足人民群众的精神文化需求。同时，也必须看到，网络文学绝不是什么另类，通俗文学的内在品质中就包含着对生活基本秩序、社会基本价值的深刻认同，通俗文学作家从来不“作”，“大神”们是要和大家一起热爱生活，追求幸福，好好过日子的。因此，网络文学与我们的社会和时代从根本上说是同构的，它常常反映着、表达着广大群众心中真实的向往、梦想，善加引导，网络文学就能够为实现中华民族伟大复兴中国梦提供越来越充沛的正能量。

在国际文化竞争中，一个国家的大众文化、通俗文学构成了国家文化软实力的重要组成部分。在这方面，我们还处于弱势，现在的孩子从小就受到动漫游戏等二次元文化的影响，主要来自日本欧美。有学者提出，我们可以借助大众文化实现在世界上的文化逆袭，这是一个良好的愿景，但还需要我们做出艰苦的努力。通俗文学是大众文化原创力的基本源泉，由此可以带动动漫、游戏、影视的发展。树立文学的自觉、文化的自觉，坚持以人民为中心的创作导向，培育和践行社会主义核心价值观，讲好中国故事，弘扬中国精神，创造民族的、现代的，又是面向未来、面向世界的新的大众文学，不仅满足中国人民的精神需求，而且走向世界，这是网络文学作家和从业人员，也是整个中国文学界的光荣使命。

2014 年 7 月 12 日下午即席发言

7 月 19—20 日据记录稿修改

7 月 21 日改定

谈非虚构

——就第二届南方文学周非虚构写作大奖答《南方日报》陈祥蕉

现在对于非虚构写作，认识上相当混乱，不少人把虚构文学以外的都叫非虚构写作，也有相当多人把报告文学、纪实文学与非虚构画上等号，您怎么界定非虚构写作?

这次的非虚构写作大奖，对非虚构写作做了一个界定，包括四类：非虚构文学、特稿写作、通俗历史写作和传记。我想在世界上提到非虚构时所指的也大致就是这四样。报告文学、纪实文学当然也是非虚构。

作为国内非虚构写作最主要的推动者之一，您这几年在这个方面做了很多重大的事情，为什么您对这个写作类型如此看重?

我做的事情主要是在文学上，那时我在编《人民文学》，开了一个非虚构栏目，开的时候心里也没有什么底，只是觉得这里边存在着某种可能性。我们现在通行的文类秩序，也不是天经地义的，从先秦两汉明清，文类的划分一直有变动，大部分时间比较稳定，但也时有兼并重组，有新文类出现打乱秩序。问题的要害在于，文类包含着一大套成规，用以规范我们的思想和表达，这种规范当然是必要的，但也不是神坛上的牌位动不得。现在体现在文学期刊上、同时也体现在一般的文学观念和阅读习惯中的文类秩序也不是自古就有的，是被建构起来的，比如报告文学古代没有，是最现代的文类，小说古代有，但不入流，到了现代变成了至尊，以后还是不是至尊？谁也不敢肯定。非虚构当然不是我提出的，在世界很多国家都是一种通行说法，但放到我们现有的文类秩序里，它就是一个异类，它能够启发我们重新思考写作的一些基本问题，从而探索新的可能性。其实就我个人而言，我更多地是把非虚构理解为一种写作观念和伦理、一种写作方式，一件可以试着做起来的事情，至于在文学的多宝格里究竟它在哪一格比较恰当，那做起来再说。

您如何评价目前中国的非虚构写作？目前出现的非虚构作品是否符合您的期待？中国的非虚构写作是否已经出现了像《冷血》《刽子手之歌》这样的经典性作品？

就刚才谈到的四类非虚构写作而言，可能通俗历史写作和传记是相对比较成熟的。而文学的非虚构写作和特稿写作都还在起步阶段。从一开始，我就想象我们能出现《冷血》或《刽子手之歌》，当然不一定是那样的题材，但借鉴那种写作方法。现在看，尽管已经出现了像《中国在梁庄》《出梁庄记》这样影响广泛的作品，但这种方法的潜力还远远没有被充分运用起来。

有一些读者表示，当代中国文学的创作，特别是小说普遍让人觉得缺乏力量。虽然现在的非虚构写作还处于比较粗糙的阶段，但是充满活力。您这么看这些观点？

非虚构这个名目有一定的挑战性，向谁挑战呢？向小说，所以引起了大家的注意。有一次和几个朋友吃饭，梁鸿在，年轻的评论家张莉也在，张莉提了一个很有意思的问题，她说：梁鸿你那个《中国在梁庄》，如果发的时候不叫“非虚构”，那么还会有这样大的反响吗？

张莉很敏锐，我要剽窃发挥一下她的观点：所谓名不正则言不顺，“名”这件事很重要，它一下子就给读者预设了阅读的特定角度，非虚构特别强调了一点：这不是虚构，不是“向壁虚构”，这是真的，这在某种意义上确立了它对小说的优势。

什么事一“非”，就有了一点叫板的意思，非虚构这个词避“虚”就“实”，有一种争夺的姿态。争夺什么呢？争夺真实。它是在说，我比你那个虚构、你那个小说拥有更多的真实。这一点，小说家们肯定不同意，我也认为事情没那么简单，但是，我相信，它把有些困扰着我们的问题放到了台面上：文学如何坚持它对“真实”的承诺？小说在这个时代是不是在这个问题上面临极大的困难？非虚构和虚构，它们都各有一套应对我们的“真实感”的策略和伦理，小说的了不起在于，它居然在“虚假”—“虚构”的基础上建立起了强大的“真实”的权威，但现在看来，似乎小说的这种权威性出了问题，这就给了非虚构乘虚而入的机会。

此前我们关注的一些非虚构作品，可能更多地是因为它们的题材，而不是写作技巧。您觉得从写作层面来讲，一部好的非虚构作品要具备什么样的特点？需要什么样的特别的写作技巧？

我想一部非虚构作品首先是和它的读者达成了一种“真实”的契约。而实现这个契约却不像想的那么容易，你不能仅仅靠着宣称这件事是真实发生过的就让大家相信你。实际上，生活中也经常有这样的情况：明明是真事，但让有的人一写一说，听起来就像假的。所以，我一再说，“真实”不是一块石头，摆出来就行了，“真实”也是一种认识和表达，作用于人的时候它就是一种说服力。为了建立这种说服力，一部好的非虚构作品需要运用大量手段。现在看，我们的手段还比较单一，很多时候是靠亲历性和现场感。亲历和现场当然很重要，这等于作者把自己押上去，说：你看，我在这里，我作证。但仅靠亲历和现场其实是不足的，最终它还是要靠对真实事件和人物的深入理解和详尽把握，一种深度的还原能力。

在非虚构写作者中，有作家，有记者，有学者，有各行各业的作者，您对此如何看待？

广义上的非虚构写作，比如我们刚才提到的四类，本来就不仅是作家的事，正如文学写作也不仅是作家的事。我倒真希望有更多各行各业的人加入进来。

有人认为，现在作家的非虚构写作，不时被评价为“写作”有余，而“非虚构”不足，比较依赖自身的感受，获取第一手素材的能力不足，您如何看待这个观点？

这涉及作家的工作方法和习惯。尽管多年倡导“深入生活”，但实际上，很多作家并没有围绕它的素材进行深入考察准备的习惯。下不了那个苦功夫，习惯于坐在桌前，天马行空。你写一个医生，医生是什么样的？写一个民工，民工的生活是什么样的？曾经有个作家写了很多民工，有一次我问他，你知道一个民工一个月挣多少钱？这些钱是怎么花的？他的收入支出明细你能不能开出来？他没想过这个问题，那么我说，你写的那些苦都是飘在空中的，生活的困窘具体地体现在一分钱一角钱上，你小说里可以不写这个，但你心里不能没有一本账。自身的感受如果没有坚实的经验基础，那常常是浅薄的。欧美小说家写一部长篇，资料和调查的笔记本通常要写完十几个放在那里；写小说是这样，面对真实的事件和现象时，通常也是这样，当年卡波特写《冷血》，一个人从纽约跑到堪萨斯乡下，相当于从上海跑到甘肃，一扎就是几年，我们的作家有没有人肯这么干？所以，“功夫在诗外”，在搞“非虚构”时，我特别强调作家的行动意愿和行动能力，不要动不动就发感慨发高论，站起来，走过去，真正做调查和体验的功课。

而媒体人的非虚构写作，不时被评价为“非虚构”尚可，而“写作”不足，谋篇布局或简陋或混乱，文字表达粗糙，容易被表面现象所迷惑，难以抵达心灵，您如何看待这些评价？

文字啊谋篇布局啊，都很重要，但问题主要不在这里。一般来说记者的新闻报道是职务写作，这从根本上不是他的个人创作，尽管这里肯定包含着他的理解，但边界是很清楚的，他不应该把他的个人观点和对事物的个人兴趣过度地混到新闻报道中去。当然，在上世纪60年代以后新新闻之类的实验中，我们看到一种在报道中加强记者个人性的努力，比如会有一些情感或情绪投入，会有很多体现个人兴趣和眼光的元素。至于记者就他所采访和经历的事件和现象做长篇的、成书的写作，在西方常见，在中国还很少见，在这样的写作中，作者有可能大大溢出新闻观点，他会提供更丰富的世界图景。我相信这样的写作在中国也会多起来。

您如何看待非虚构写作的可读性？目前非虚构作品的市场还是比较小众和高端的。非虚构怎样才能吸引更多的读者？

我不知道怎样才能吸引“更多的读者”，我又不能代表更多读者。不过据我看，就我们一开始界定的四类非虚构而言，已经在大众阅读中占有很重要的位置。

哪些您印象特别深的作品，是否可以向读者推荐一下。

《寻找苏慧廉》，我非常喜欢，就写作难度、资料丰赡独特和表达的严谨准确而言，我认为这是此次参评的最好一部传记。写的是一个小人物，一个传教士，由此打开了我们认识近代史的另一个角度。

2013 年 8 月

总体性与未知之域

——在上海国际文学周“科幻文学的秘境”主论坛的发言

昨天，也是晚上，我去理了个发。剃头三天丑，所以今天这个样子对不起大家。理完了发，去结账，多少钱？六十块。我掏出钱包，拿出一百块。收银小姐很为难：找不开啊。我也为难，那怎么办？你可以手机支付。我说我手机倒是有，但是怎么支付呢？她说你有支付宝吗？我说没有。她说那微信支付？我说微信支付有，但是里面没有钱，又没人给我发红包。她说你没有绑定信用卡？我说怎么绑？于是两个人僵在那里，在那一刻，我觉得我是一个人从贝壳、铜钱和钞票的三千年现金时代忽然闯进了未来。

这个问题后来解决了，我加了她的微信，她给我发了个红包，我总算拿到了我的四十块。为什么要说这件事呢？我要说的是，今晚，2017 年的 8 月 15 日，在黄浦江畔的上海文学周上，科幻文学成为了主题，这并非偶然，这不是组织者拍拍脑袋就想起来的，它确实反映了我们的文学、文化和生活中的一个重要焦虑。好像是忽然就焦虑起来了，我们的现实不仅包含和沉淀着过去——对此我们有比较充分的准备，但是人们忽然意识到，我们的现实同时经受着未来的侵袭，未来不再是时间之线的另一端，未来已来，未来就是现在。这个世界的速度、科学和技术的速度如此之快，以至于我们已经很难分清什么是可能性什么是现实性，科技的未来不经我们思考、不经我们同意、也不给我们时间准备就侵入现实，废黜千百年来的经验和智慧和信念，有些人对此感到亢奋，真刺激啊，有些人则愤怒和恐惧，人们感觉到我们处在一个现在、过去、未来交错杂陈的时代。对这种境遇、这种焦虑人们要做出文化上的回应，于是我们看到，科幻文学热了起来，以至于成了今晚的主题。

科幻小说我其实不懂，但是有一点我觉得显而易见。那就是，科幻文学对传统的、主流的、纯的文学构成了一个重要的提醒。它提醒我们，在文学中，整体性的关切、总体性的眼光，并非过去之事，它有九条命，它随时会活过来，而且现在，王者归来，它随着未来归来。它有着理智上的强大合法性，有着作为一种想象域的强大活力。我想在座的很多小说家和评论家都理解我在说什么，80 年代以来，在通行的文学观念中，对人类生活的总体性视野和想象急剧衰微，我们认定小说家唯一合法的工作方式就是使用显微镜，用显微镜观察人、理解人，不是由芥子而见须弥，而是，芥子即是大千世界。而现在，读一读科幻小说我们就知道，除了显微镜，还有望远镜或者虚拟的、想象的望远镜。中国有个老故事，叫作“杞人忧天”，说的是春秋时有个杞国人，不好好过日子，天天担心天塌下来怎么办，大家都笑他，笑了两千多年，天都塌了好几回了。这个“天”，是未来，更是一种整体性和总体性，毕竟天不是一块砖，塌下来砸的不是一个人。我们现在都在“杞人忧天”，人工智能了怎么办，小冰的诗比人写得还好了诗人去干什么，或者脑子里装个晶片我还是我吗。这就是整体性和总体性的归来，虽然这是换了一个马甲的整体性和总体性。

我特别喜欢今天这个主题：“地图与疆域”。我们谈起科幻文学的时候，通常都会把它理解为对未来的想象，刚才我也基本上是按这个路数说的。但我也注意到，张冉先生提醒我们，这是一个误区。他提醒得好。现在修正一下，科幻文学不仅仅是关于线性时间上的未来的想象，科幻文学说到底是以科学和技术的名义，对于人类生活更加广阔的可能性乃至不可能性的设问、探讨，是理智和情感上的冒险。在这个意义上，我喜欢“疆域与地图”这样的说法。它把一个时间问题转化为一个空间问题，这个空间里，过去、现在和未来交错甚至循环，由此敞开关于人之为人、关于我们的生活和世界的各种各样的可能性，当然也是我们的思想和观念的各种各样的可能性。

现代以来，有一个科学传统，有一个人文传统，关于这两种传统的紧张关系，韦伯谈过，好像波普尔、伯林也都谈过。人文传统在我们的头脑中形成了一系列极为坚固的装置，但在科幻文学中，在一种科学的、实际上也是古老的“天地不仁”的浩大宇宙观中，这些坚固的事物重新被检视，有时甚至突破了它的边界。比如关于什么是人，关于我们如何建构起人的自我形象，在这一系列根本观念上，很多科幻小说做出了让我们大吃一惊惶惶不安的回答。同样地，关于人类的共同生活和命运，关于人类生活的实然和应然等等，科幻文学都形成了思想、观念、想象的新的地平线，指向广大的未知之域。

我们今天坐在这里讨论科幻文学，这件事本身意味深长，它就是某种总体性人类活动的结果。我们都知道科幻文学的历史，它不是一个原生于中国的文类，但是在新世纪、在这个时刻，中国的科幻文学受到如此广泛的关注，甚至受到世界范围的关注，这不仅仅是文学现象。它也表明，在全人类的规模上，在对未来的想象、选择和创造中，中国人正在成为更具主动性和创造性的力量。我愿意把中国科幻文学的兴起看作是一个巨大历史过程的产物。中国随着它的复兴，要为人类命运共同体承担它的责任。这种责任不仅是政治和经济的责任，也是文化的责任，也是想象和思想的责任。在这个意义上说，这么多的中国科幻作家，不管他们的故事发生在哪里，说到底他们都正在讲述中国故事，说到底他们是为人类的未来、人类的共同生活提供一份中国的智慧和中国的设想。

2017 年 8 月 15 日即席发言

9 月 21 日晨据录音整理

儿童文学的再准备

过去十年是中国儿童文学的“黄金十年”，儿童文学创作出版在强劲的阅读需求带动下，经历了井喷式的、令人目眩的发展。这是作家、出版人、批评家共同努力的结果，但从根本上看，还是天下大势，势所必然。十多年间，中国经济高速发展，人口和家庭结构、社会一般消费水平、教育和文化形态都发生着急剧变化，各方面力量汇聚起来，巨大的繁荣几乎是猝不及防地来到我们中间。

使用“猝不及防”这个词，是为了说明，儿童文学的迅猛发展，一定程度上是匆忙上阵，准备不足，需求滔滔而来，来不及深思熟虑，只好马上行动，在创造和探索中顺应大势。于是，“黄金十年”成就辉煌，但可能也是粗放的、跑马圈地的发展，生机勃勃但也潜伏下一些问题，过于热闹也就难免浮躁。

准备不足终究是要补课。儿童文学创作出版在新的时代条件下面临新的更高要求。过去十多年中，涉及少年儿童的方方面面的因素都发生了重要变化，对此需要做认真系统的研究。作为一个文学门类，儿童文学首先是由它的读者所界定的，它的对象是零岁到十八岁的少年儿童，也就是法律意义上的未成年人，这就决定了儿童文学有着具体明确的社会属性和文化功能，它内在地预设着社会对未成年人的保护和预期，也包含着社会对少年儿童的理解和认识。那么，首要的问题是，对于这个时代的少年儿童，我们的作家、出版人到底知道多少？达到了什么样的认识水平？

谈起少年儿童，我们有太多诗意的、浪漫化的修辞，这当然很好，这表明了我们多么爱我们的孩子。但是不要忘记，我们面对的不是观念化的、均质的少年儿童，而是如此具体的这个时代的中国孩子。在这近四亿少年儿童中，存在着复杂的差异。即以生活的地域而论，城市的孩子、农村的孩子，大城市的孩子、中小城市的孩子，东部的孩子、西部的孩子，一样吗？可能很不一样。以年龄而论，我们通常分成低幼、儿童、少年或者小学生、初中生、高中生，并作出相应的界说，但这种区分是不是够了？在有的国家，儿童文学创作出版是建立在对孩子的高度细分和深入研究基础上的，七岁的男孩子是什么样、女孩子是什么样，十六岁的男孩子什么样女孩子什么样，逐岁研究孩子的身心状况、成长中的问题。相比之下，我们爱我们的孩子，但我们在孩子身上下的功夫还不够细不够深，还是大而化之的。

生活的变化、时代的变化也深刻地刻印于孩子的身心，比如，就相同年龄接收信息的水平而言，这个时代的孩子远远超过了以往任何时候。这到底对他们的心智产生了怎样的影响？又比如现在孩子们的营养水平、身体发育水平普遍远高于过去，他们的身体可能比心智跑得快，这也一定会带来新的复杂问题。更不用说，孩子们并非被隔离在绝对的保护罩里，家庭、社会、媒体、流行文化中的种种因素，都会反映、折射、渗透、参与到孩子们的生活和成长中去。

这一切都给我们带来了认识上的巨大难度，不用说深入系统的理论研究，就是在直接的经验水平上，我们恐怕也不能说充分地了解孩子。儿童文学创作出版中一些畸轻畸重的失衡现象，一定程度上也是因为理论的、生活的和艺术的准备不足，不得不避重就轻。在中国，儿童文学的对象是从零岁到十八岁，中国儿童文学的最高奖——全国优秀儿童文学奖的评奖范围就是如此。但是多年来，提起儿童文学大家通常认为是给小孩子看的，那么那些进入青春期的大孩子们看什么呢？主要是“青春文学”，在书店里，“青春文学”铺天盖地，基本上是孩子的同龄人或稍大一些的人写的，成年作家的作品很少，现在的局面就是，青春期的大孩子相互抚慰，成年人默不作声。这在世界各国都是罕见的现象，是不正常的。一方面，社会和生活变化太快，经验的折旧加速，对于现在青春期的孩子，他们的父母都会感到隔膜；另一方面，在高速发展的时代，孩子们青春期的焦虑和困惑、成长的孤独和困难也在加剧，他们的精神需求非常复杂迫切，如果成人的作家不能提供相应的满足，自然就会倾向于同代人之间的相互映照和认同。但是，在孩子们成长过程中的这个困难时刻，恰恰特别需要我们用人类积累下来的经验、知识和智慧去帮助他们，失语沉默，任由孩子自己去摸索，这是失职，是没有尽到文化上的责任。

但问题是，我们现在可能缺乏尽到这份责任的能力和自信。为什么写低幼和儿童、写初中生就比较有把握，写高中生就没有把握？因为年龄越小经验构成就相对简单，一个四五岁的中国孩子和一个同龄的欧洲孩子，也许相差不到哪里去，但是，一个十七岁的中国孩子和十七岁的美国孩子，差别就很大了，社会和文化的差异已经非常鲜明地投射到他们身上。在这种情况下，很多现成的文学经验就不管用了，这是中国的青春期，不是美国的青春期，是这个时代的青春期，不是三四十年前的青春期，你差不多是空无依傍，你不能全凭想象，你必须下艰苦的功夫去了解、认识、思考。而且青春期的孩子是最挑剔、最任性的读者，他有自己的判断和选择能力，甚至形成了自己的“亚语言”，不是扮儿童腔就能应付过去的，你在艺术上、语言上也面临着艰巨的考验。

理解了这些难度，我们就能理解为什么会形成现在这样一种大孩子写给大孩子看的局面。时代确实对我们提出了新的更高要求，孩子对我们提出了新的更高要求。中国儿童文学能不能延续过去十年的辉煌，继续健康发展，从根本上取决于我们能不能充分满足这些要求。

这里没有什么灵丹妙药，没有什么捷径可走。对作家来说，首要的工作是熟悉人、了解人，儿童文学同样需要深入生活，深入感受少年儿童的心灵状态，深入研究少年儿童成长的社会和文化背景。同时，就整个儿童文学的创作出版而言，既然准备不足，很多基础性的工作没有来得及做或者做得不深不细。那么，走慢一点，打牢基础就尤为必要。

儿童文学从来不仅仅是“文学”，它体现着一个国家、一个民族最深刻、最基本的价值取向和文化关切。对儿童文学作品的评价，也决不仅仅是评论家的事，关于一部儿童文学作品好还是不好、该不该给孩子们读，其中涉及的争议性问题，固然儿童文学评论家们应该说话，而且要说真话、讲道理，但是作家、出版人、心理学家、教师、家长、孩子，也都应该充分地参与进来。需要在现有的各种机制基础上逐步探索，建立和完善有关儿童文学的社会性的评价体系。这是一项复杂的工作，也是一项基础性工作。

同时，儿童文学的理论评论需要大大加强。随着时代的变化，有很多新的重要的问题需要我们去面对，去试着做出理论上的回应。比如，儿童文学同样要反映现实生活、人类经验，但这种反映有它的特殊性，它和成人的文学毕竟不同。社会和人生的复杂在什么意义、什么分寸上进入作品？这都需要深入研究。比如“儿童性”的概念，它不是抽象的，波兹曼在《童年的消逝》中说，童年是被建构起来的，这在学术上可能有争论，但“儿童性”必定是历史的、具体的，那么我们如何认识这个时代中国的儿童性？当我们谈论“中国式童年”“中国式成长”时我们到底在谈论什么？如何在本土的历史和经验语境中认识儿童生活中的种种现象，如何确立中国儿童文学的文化主体性？这些也都是摆在我们面前的重大问题。再比如价值观问题，这是儿童文学的首要问题，但是，任何一种美好价值，落实到儿童生活中去的时候，也都需要在具体的时代条件下做周详的辨析和妥帖的安顿，比如勇敢，过去的儿童文学中与坏人做坚决斗争是勇敢，但是现在，我们可能会认为孩子首要的是保护自己。诸如此类的问题，就文学谈文学是谈不清楚的，需要哲学、伦理学、社会学、法学、生理学、教育学乃至经济学的多学科参与，需要跨学科的研究。

儿童文学的理论应该走在创作和出版前边，不仅是引导观念上的变革、艺术上的创新，更重要的是，要使儿童文学建立在对少年儿童生活和心灵的可靠知识和精微分析的基础上，使儿童文学的价值取向和文化关切建立在全社会的深思熟虑和充分共识的基础上。这个基础是否具备，是否牢固，很大程度上决定着儿童文学的发展前景。

满足少年儿童阅读需求，繁荣儿童文学创作出版，这是时代向我们提出的严肃要求。尽管有“黄金十年”的狂飙突进，但总体上说，创作出版不能充分满足需求，依然是中国儿童文学面临的根本矛盾。中国的作家和出版人拥有世界上最大规模的儿童文学读者群体，经过上一个“十年”，我们完全有理由期待中国的儿童文学以中国风格和中国气派站立在世界儿童文学的高地上，为此，儿童文学需要再准备，整个行业和每个儿童文学工作者都需要慢一点、沉着一点，耐心做基础性工作，更好地迎接下一个“黄金十年”的到来。

2010 年 7 月 15 日上午定稿

作为恶人或好人的编辑

——张鸿《编辑手记》序

数字化时代，编辑能否生存？

有一天，在百道网上看到了这个标题。

文章我没有看，我知道这个问题意味着什么。如果技术的发展真的使出版变成“自出版”，使发表的权利向着每一个可能具有或自以为具有写作能力的人扩散，编辑这个行当，它存在的理由就会承受越来越大的质疑。

编辑，这是一个古老的词，它没有一丝工业气息，更不用说数字化了。编，是将散乱的竹简串连起来的那根绳；辑，是马车的车厢，是把本不相干的木材拼成一辆奔驰的马车让它周游四方。

最早、最伟大的编辑是孔子。他从根本上界定了编辑的意义：这不仅是一种职业，更是一种志向和使命。那个人或那群人，他们持守某种语言、文学和文化的标准，对世上浩如烟海的文本进行拣选和整理，让好的流传下去，让不好的归于遗忘。当然，由于事涉标准和拣选，这些人也是在行使文化权力，尽管他们通常低调谦卑，但他们行使权力时注定难免精英的专断和专横。这些面目模糊的人，他们隐藏在文本的后面，他们的名字甚至不能被人们记住，但很大程度上正是他们，充当文学和文化的金字塔在每个台阶上的守护者，暗自决定着我们读什么和怎么读，记住什么和忘掉什么。

这样的编辑还能否存在？或者不如说，还是否必要？

对此，我没有什么确定的答案。我知道，新技术的一个基本效应，是文化权利和权力的大规模扩散，不仅是发表，还包括价值的评估，传统的、精英式的文化金字塔正在崩塌。但是，我也同时担心，这样一种“知道”或许还是幻觉，这个时代的一个重要特点就是自命不凡，或者，这本来就是现代性的基本症候，在此时它发展得病入膏肓：我们相信一切因我们而改变，即使不能肯定在我们手里将出现什么，但对于我们将制造出前所未有的废墟我们充满信心，所以我们喜欢问诸如此类的问题：什么什么还能否存在？我们发问的对象常常是那些构成几千年来文明根基的事物，我们真的倾向于相信，那些曾经坚固恒久的事物将在我们手里烟消云散。

但谁知道呢？也许这就是幻觉。在这个世界上转瞬即逝的终究是我们自己，而那些不变的事物或许竟终究不变。毛泽东晚年说，我只改变了北京郊区的几个地方。这是英雄戏言，是历史辩证法，也是熟读二十四史的洞见。

所以，编辑能否存在、什么什么能否存在，问问罢了，未知生，安知死？不如想想，在编辑还存在时，如何做个好编辑。

这里就有一个如何做个好编辑的范本：张鸿所写的《编辑手记》。

张鸿是广东《作品》杂志的编辑，一边编稿子，一边在博客里写下她的种种感想，经年累月，汇为一秩，便是这一本《编辑手记》。

我在文学期刊做了二十八年编辑，和张鸿曾是同行，所以读着此书，颇多会心之处。它可以作为学习编辑业务的一本参考书：编辑的敬业精神、编辑的职业态度和修养、编辑工作中的种种困难和疑难，当然，还有编辑的快乐、编辑的成就感，点点滴滴，吉光片羽，于漫不经意间都有涉及，都有所见。不是泛泛之见，而是甘苦寸心知，很多话身在其中还说不出来，只有心也在其中才见得到、说得出。

好编辑大约可分两种，一种是恶人，一种是好人。我斗胆自夸，也算个好编辑，但我做编辑时是恶人，脸似门神，拒人若干米之外；而张鸿呢，显然她是个好人，她不是门神，她是《沙家浜》里的阿庆嫂，来的都是客，铜壶煮三江，永远热情洋溢，她会让那些在门外忐忑的作者感到温暖。

做恶人还是做好人，这是个性情禀赋问题。我也很想做好人，但做来做去大概还是个恶人。对编辑来说，好也罢恶也罢，最终你都得做出判断、做出选择，所以，我这个恶人有时会给自己一个理由，反正结果摆在那里，与其缠绵悱恻，不如一刀了断。

但看了《编辑手记》，我忽然想到，好人其实还有更大的理由。这本书的重要特点在于互动，张鸿看了稿子，把她的感想写出来贴出去，然后作者和读者和朋友回帖留言，七嘴八舌，有时纯属搭讪抒情，但很多时候，我们看到，这个小小的话语圈也在影响着编辑的选择和判断。张鸿在这本书里展示了一种互动、开放的编辑过程。编辑不是那个手握取舍之权的人，她成为了讨论和对话的主持者，在一定程度、一定范围里，她推动着某种共识的形成。

扮演这样的角色当然得是好人。她要热情、亲和、宽容、善于倾听。好像是孙犁说过，编辑第一位的工作是面对稿子。这话当然不错，但张鸿可能觉得，在面对稿子之后，更重要的是面对人，面对意见纷纭、各执己见的人们。

——这就回到了一开始的问题，数字化的时代，编辑能否生存？也许，真正的问题是，怎样的编辑能够生存？编辑能否告别金字塔式的结构，在一个愈益平等的、扁平化的文化秩序中确定自己的身份和作用？

在这个问题上，张鸿的编辑实践和她的这本书有心或无心地做出了探索。

2014 年 3 月 31 日晚

第五辑

有机村庄与点灯

——在首届丝绸之路木垒菜籽沟乡村文学艺术奖颁奖仪式上的致辞

在此之前，我不知道木垒。只听说过菜籽沟，新疆的一个山村，刘亮程在此落草为农。那天飞了半日，到了乌鲁木齐，问道：菜籽沟在哪里？答曰：在木垒。再问：木垒有多远？人家说，不远。好吧，这个不远的地方昨天开车跑了三百公里。

在菜籽沟，亮程办了一个木垒书院。我算是识得几个字的人，昨天一下车，就看见“木垒书院”四个字刻在门口的石头上，闲站在门口端详这几个字，看着看着，就觉得这个“垒”字不对，这个“垒”是个简体字。祖先造字原本是有道理的，比如这个“垒”字，繁体字中，应该是上面三个“田”，田地的田，下面是“土”。木垒这个地方，它的意思是什么呢？是土地上，人们通过耕作和劳动开出的田，然后这片田上又长出了“木”，生长着草木和作物。可叹后人惫懒，凡事图省事，现在那三个“田”，就被那三个“厶”代替了。

说起这个，是因为想到了我们的木垒菜籽沟文学艺术奖。今天，贾平凹老师获奖。乡村里有养鸡专业户，有养羊专业户，有种菜专业户，平凹老师是获奖专业户。我呢，我是评奖和授奖专业户，评了很多各种各样的文学奖。昨天晚上，有朋友问我，说我们这个奖，在中国算一个什么样的奖呢？我喝了几杯酒，管不住舌头，一张嘴就说这个就是中国最高的文学艺术奖。朋友们听了很高兴，当然，他们也知道，我是在借酒胡说。但是，后来看着“木垒”两个字，我忽然想到，这个菜籽沟奖，它其实是中国最低的文学艺术奖。它低到了泥里土里，低到了田地上，低到了村庄里，它就是这样的一个奖。

这泥土，这田地，这村庄，是我们所有人的故乡，是中国文明得以生长存活的真正的土壤。

我记得钱穆先生曾经把中国文明和古罗马文明相比较，他说罗马文明也很伟大，辉煌宏阔，但是，罗马文明就好比是一盏巨大的灯，只有一盏，就在罗马，只有这么一盏巨灯照耀着广大的帝国。钱穆先生说，中国文明不一样，中国文明不是只有一盏灯，中国文明是四壁皆灯、满堂皆灯。我们这片大地上星星点点，密布着文明的灯火。所以，钱穆先生说，中国文明气运绵长，有顽强的生命力。当蛮族入侵，打破罗马，铁蹄把那盏巨灯踏灭，罗马文明就垮了，就终结了。而中国文明，五千年来，几经危难，向死而复生，为什么？就是因为，我们不是只有那一盏灯，我们的大地上到处都是灯，长安的灯灭了，洛阳、汴梁的灯灭了，但灯还在，还亮着，星星之火，可以燎原，我们的文明打不垮、灭不掉，生生不息。

这个地方名叫菜籽沟，是天山余脉的一条山沟，据说当年逃难的人们躲到此地，定居生息，种了漫山遍野的油菜，由此得名“菜籽”，这是很家常、很平易的一个名字。在佛经中，形容事物的极微极小，常用的一个比喻就是“芥子”，芥子之微啊，不能再小了。这个芥子也是菜籽，我们的这个菜籽，而且是沟，也正是芥子之微。但是，佛经中还有一个说法，就是，以须弥之高广，纳芥子中，无所增减。须弥就是世界之大，一枚芥子中，可以包容大千世界。我想，钱穆先生所说的中国之灯，也就在这芥子之中。在古中国，很多很多的村庄就是这样明亮的芥子，它不仅是生活场域，不仅是经济聚落，它还是文化保存、传承和生长的地方。

问题是，这样的芥子，它现在是不是还活着，它还是一盏灯吗？

我想，大家心里是明白的，一个一个的村庄正在塌陷，文化的灯次第熄灭。现在大家都要吃有机食品，但村庄正在变成无机的村庄，它的功能越来越单一，它是世界大棚里的植物、世界工厂的一个偏僻部门，它装不下须弥，它自身也不能发光，它完全笼罩在北上广的灯光下，正在失去它的公共生活、失去自己的记忆，也没有自己的想象。

在这种情况下，想起钱穆先生的话，难免有黍离麦秀、铜驼荆棘之感。昨天亮程带着我们在村里四处闲逛，他告诉我，这里原来有个庙，那里原来有个庙。当然，现在都没有了，神祇远去的村庄。或者说，庙变成了家家屋里的电视，诸神住在电视机里。

文人的感慨苍白无力。我也不过是感慨几句，然后坐上飞机，一飞十万八千里，按下云头，就是巨灯所在的北京。但是，好在还有亮程这样的人，他在菜籽沟，让乌鲁木齐的家荒着，鱼缸里的鱼饿死，他在这里种地、办书院，天天和老乡打交道、喝小酒，他甚至想把消失的庙重新盖起来，他还把画家、摄影家、诗人带到这里，他还办了一个菜籽沟奖。

这样的事意义何在，我看不清楚，看不到它的深处。但是至少，我以为，它可能使一个村庄重新成为一个有机村庄，它成为与外界发生文化交换的有机体，一个活的、有文化生命的地方。在古时，一个村庄之所以成为一盏灯，很重要的原因就在于，它和外界、和中原、和帝都存在有效的文化交换，一个读书人，从这个村里走出去，走得天远地远，但最终，他会回来的，他要携带着一份增值的文化资本回到家乡。这曾经是一种自然的文化循环，就像叶落归根。但现代以来，这个循环被切断了，远处的巨灯召唤着，游子一去不复返，村庄承受单向的、无休止的流失，村庄成为出发之地，而非安居之地。

我们现在面对的，是中国现代性的一个根本命题，一个我们以为是无解的难题。菜籽沟是不是一种解法？我不知道。中国有无数菜籽沟，却没有无数的刘亮程。但是，这个难题恐怕也没有整体性的解决方案，凡事总想着一副药下去起死回生，这是书斋综合征，得了这个病，人就只会高谈阔论，无法采取任何行动。现在，刘亮程挽起袖子，干起来，摸着石头过河，过得去过不去先迈开腿再说，这本身就是努力地在点一盏灯。他写过《一个人的村庄》，他现在正在写“一个村庄的灯”，未必是写在纸上，而是写在田地里、村庄里。

这里是菜籽沟，小如芥子，中国不在别处，就在此处。照此说来，这个奖是菜籽沟的，是中国的，是最低的，其实也是最高的。

2015年8月31日即席发言

10月2日据记录稿改定

附录：菜籽沟乡村文学艺术奖贾平凹授奖辞

中国现代以来，乡土叙事构成了壮阔苍茫的文学高原，贾平凹以其执着的、不断演进的写作，建造了连绵险峻的山脉。

多少年后，人们会在贾平凹的小说中回到已经失去的故乡，或者，人们将会发现，这个作家所铭记的一切，比任何史书都更真切地见证着经历现代性蜕变的古老文明——一切都在哀婉、沉痛地消散，一切归于不可能的因为被铭记、被书写而获得隐微的可能性，一切一去不返，一切或许重来。

所以，贾平凹是一个被选定的乡土书写者，他的写作注定是最后的、又注定是最初的，是混沌初开，又是大地皆白，他之被选定，是为了记载乡土中默运不息的节气四季与终结乡土的线性时间的宏大博弈。

这个小说家，由此进入了中国文明中那些孤独的徘徊于野者的行列，黍离麦秀、铜驼荆棘，悠悠苍天，此何人哉，在荒废中、寂静中谛听着中国之心的恒常跳动。他为剧变中的乡土留下了一份春秋心史。

有鉴于此，评委会决定，授予贾平凹先生首届菜籽沟乡村文学艺术奖。

2015 年 8 月 18 日晚

榆林之马语

现在，看地图：从北京出发，西北偏南，走啊走，过太行、过吕梁、过黄河，走过茫茫黄土和令人心焦的荒漠，远远地，望见了榆林。

在榆林，有一文士，名为马语。

2000年，十五年前，我第一次去往榆林。回来后，写了一篇文章，叫做《瓷盅下的榆林》。近日检出重读，以三字评之，曰：不讨好。榆林本地人断不会喜欢这篇文章，它处处流露着外来者的轻浮。这个人，在此地仅仅停留两个晚上，好像翻了一柜子书，所见皆是这座城市的往昔：作为帝国边陲、长城要塞的榆林。当然，也喝了酒，不知为什么，此人特别留意榆林酒桌上的一种色子游戏，似乎是，通过这瓷盅罩着的“吹牛”，我力图说明这个地方的性格中有边地式的浮生若梦，古来征战地，醉卧君莫笑，人生和世界也不过是人梦了、梦醒了，牛皮大了、牛皮破了。

那时，榆林的天然气已经输到北京的我家厨房，但我看到榆林城里的人家院子里还堆着煤块，输气管网修不进榆林人的厨房，没钱。

我断言:“这里仍然是个穷地方。”并且语带讥讽地顺便提到，这里的人们喜欢把此地称为“中国的科威特”。

十年后，2010 年，我认识了马语。我那时还在《人民文学》，马语经人介绍，找到编辑部来。他是《榆林日报》的编辑，写散文。他紧张，不自在，但注视着你，却是执拗的，他让我想起进城买种子的梁生宝。

他带来了一篇文章:《消失在酒馆里的岁月》。

梦想成真，这时的榆林真的是“科威特”了。我知道，这荒凉的地方正被滔滔金钱淹没，油、气、煤，榆林通过能源获得了一往无前的能量。

而马语看到的是酒，能量转化为酒，榆林人在喝酒，波澜壮阔、舍生忘死地喝，在这金戈铁马的酒场上，所有的一切都在回荡: 上天的眷顾，时势的幸运，奔涌的机会和欲望，一切来得如此迅猛、荡气回肠，何以解忧，唯有杜康，这不是忧，是巨大到无以安放的亢奋和不适。

我发表了这篇文章。时至今日，我依然认为，若要认识高速发展时期的中国，此文是一份曲径通幽的旁证。一个时代的气运和品格，它的亢奋和感伤，其实不在于大嘴小嘴怎么说，而在那些不必说的事，比如身体，比如酒。酒把时代铭刻在人的肝脏上。

我们这一代人见证了沧海桑田。马语更是如此，他是苦出身，仗一支笔从贫薄的村庄走出来，漫漫长路，黄土荆棘，然后，世界突然加速，景色大变。

坚固的事物烟消云散，然后是火树银花不夜天，盛大无边流水席。

然后，是刹车、停顿……

马语耐心地把这一切写了下来。

现在回到地图和往昔。在帝国的漫长历史上，榆林一直是边地。在那篇《瓷盅下的榆林》中，我曾谈到边地的写作。中国传统中，边地写作大抵受制于“外来者”的视角，那些文人和武士，他们从帝国的中心地带出发前来，身老于此，但在心里在笔下，他们照例是从中原、从京城遥看此地。

边地孤独、沉默。它只是被说，而从不说。

马语的意义正在于此，他是此地的马语、榆林的马语，他从未想过，他会在别处遥看榆林，他也从未学会以北京、上海、纽约、巴黎的眼光看待自己，他的世界的中心就是榆林，此地就是他自己，他的身体他的心。

马语之文是一种边地话语，边地实际上并不掌握话语，从边地出发的声音相对着又绝对着，确信着又谦卑着，要紧的是，它本能地维持着一种中心感，边地不是抵达之地，而是出发之地。

马语的散文不可不写。

你坐在北京或上海的书斋，你天天在谈论“中国”，高谈阔论，北京上海的话语场很像是榆林当年的酒场，酣畅淋漓，那么好吧，让我们展开地图，你看见那么广大的地方，无穷多的点，你告诉我你究竟在谈论什么？

所以，必须认识马语。在类似马语这样本能的、诚恳的记叙中，真的中国默然呈现，那是千差万别的地方和经验，是山河、岁月、气候、位置、机缘、传统、风俗和人们的选择与顺受所造就的无边无际的可能性。

我们有太多心怀人类、普世和全球的作家和知识分子，却少有忠实于脚下一片土，把自身作为中心，作为感受和阐释的起点的写作者。

好吧，我大可以不写那篇《瓷盅下的榆林》。那只是过客的浮辞，那不过是一个无聊文人在把玩榆林，榆林不是我的。

而榆林是马语的，马语是榆林的。如果没有马语的书写，这块相当于半个欧洲的土地上发生的很多真正重要的事就无法有效地转化为语言、记忆。这不是危言耸听。

2015 年 7 月 25 日初稿

10 月 1 日定稿

提灯认人伤心

——蔡崇达《皮囊》

如果皮囊朽坏，我们还剩下什么？

好吧，你告诉我，还有灵魂。

有吗？

有的吧。

——你都有点像祥林嫂了。好吧好吧，我信了。

可是，那脱去了皮囊的灵魂啊，他们在忙什么？下地狱或上天堂或在荒野上游荡？我读古人的记叙，总觉得，那些孤魂野鬼，它们所渴望的，不过是转世为人，再得一具皮囊。

温暖的、逸乐的、疼痛的、脆弱的、可耻的皮囊。

蔡崇达写了一本书，就叫《皮囊》。

当我看到，父亲死去，而儿子气急败坏破口大骂时，我忽然发现，有点不对了。

是的，我的泪腺受了刺激，有液体分泌，我知道那叫泪水。

我说服自己，这不值得流泪，这不值得哭，我所看到的不过是、仅仅是人世间每时每刻发生的事。

这不是“子欲养而亲不在”，这是一种刻骨的愤怒，愤怒于，人在受苦，而他竟注定孤独无助，儿子也帮不了父亲，一切皆是徒劳。或许，皮囊的冷酷法则就是，它从不许诺什么，它不相信奇迹，不相信心。

是啊。皮囊有心。

不管这具皮囊是什么质地，它包裹着一颗心。人生或许就是一具皮囊打包携带着一颗心的羁旅。

这颗心很多时候是睡去了，有时醒来。心醒着的时候，就把皮囊从内部照亮。

荒野中就有了许多灯笼，灯和灯由此辨认，心和心、人和人由此辨认。

《皮囊》是认心、认人的书。

比如认父亲，蔡崇达是80后吧，我曾经说过，自70后起，在文学书写中，父亲就失踪了，不是去了远方就是面目模糊，他不再是被尊敬、畏惧、审视、反抗的对象，他直接被屏蔽，被搁置在一团模糊的阴影里。

而在蔡崇达这里，父亲出现了，被反复地、百感交集地写，这个父亲，他离家、归来，他病了，他挣扎着，全力争取尊严，然后失败，退生为孩童，最后离去。

父亲被照亮了。被怀着厌弃、爱、不忍和怜惜和挂念，艰难地照亮。

在这个过程中，蔡长大了。

这个长大的人，从父亲开始，一个一个地，把与他有关、有缘的人照亮。他为此专门写了这么一本书。

西方之巫说：认识你自己。

认识你自己就必须认识你的他人。

在生活中、行动中遭遇的人，认识他们，照亮他们，由此你就知道自己是谁。

这就是苏珊·桑塔格所说的人的世界。人必须在人的世界里求取意义。

写这么一本书，是伤心的。

伤痕累累的心。

但伤痕累累的心是好的，流泪、流血、结了痂、留下疤痕，然后依然敏感着，让每一次疼痛和跳动都如同初心，这是好的。

除非死心，除非让心睡去。怀着死掉的、睡着不起的心，皮囊就仅仅是皮囊。

皮囊可以不相信心，可以把心忘掉。但一颗活着、醒着、亮着的心无法拒绝皮囊，皮囊标志出生命的限度、生活的限度，生命和生活之所以值得过，也许就因为它有限度，它等待着、召唤着人的挣扎、愤怒、斗争、意志、欲望和梦想。

这是多么有意思，虽然我们到底不能确定意义。

这也就是为什么，灵魂——中国人把它叫作心，永远贪恋着这个皮囊。又恐琼楼玉宇，高处不胜寒。哪一个中国人真的向往过冰冷的天堂？哪一个不是希望回到人世，希望把经过的再过一遍？

但这一遍和那一遍是不同的。

就像醒着和睡着不同。

写作就是再过一遍。

过一遍自己，也试着过一遍他人。

把栏杆拍遍。把心再伤一遍。

我不能肯定这本书是什么，我甚至不能肯定它是小说还是自传，但我知道它不是什么，它不轻松不愉快不时尚甚至也不文学——文学没有那么重要，比起生活、比起皮囊、比起心，文学是轻的。蔡崇达写得不太好的时候，他有一点生涩的文艺腔，但当他全神贯注全力以赴时，他不文艺了，他站在这里，艰难地扪心而说。

——这时，他只是一个历尽沧桑的少年。

遥思人间事，且看石头记

——《秘境》

白描的《秘境》，写的是玉和翠，也是一本“石头记”。

当然，我没有把此书和《红楼梦》相比的意思。但是，读此书时，我确实常常想起《红楼》中那句话：假作真时真亦假，无为有处有还无。

斯书也而必斯人也。就和田玉与翡翠的“秘境”而言，可能没有比白描更值得信任和期待的作者，他是作家、是文人，同时多年来在玉石一行里浸润甚深，说句玩笑话，在文人里他是最懂玉的——文人之外如何，我就不敢妄说了。

白描打开了“秘境”，他带着我们进去，移步换景，目不暇接，这景有盛大浩渺的风景，也有步步惊心的陷阱，多亏他指点门径，“便扶向路，处处志之”，但一本书读完了放下，“寻向所志，遂迷，不复得路”。山重水复、烟雨楼台间，只觉得石头事、人间事、天下事，原来是头绪万端，纷纷难治。

《秘境》围绕着和田玉与翡翠打开了四面八方、纷然歧出的向度——

这是历史，它一直延伸到幽暗、难以查考的时间尽头：红山文化、良渚文化、齐家文化，华夏文明最初的光就来自玉的闪耀；这又是现实，喧闹的、流动不居的现实。玉至今仍是中国生活一个活跃的节点，这神奇的石头，它组织起自成天地的社会生活和复杂的人类经验。

这是物质，这又是精神，是梦想和欲望。这是物质变精神的一个炫目的结果。玉并非人造之物，它是地壳运动的偶然产物，但玉又纯然是人造之物，是上古先民将自身投射于物、将物归于自身的一次最具想象力的创造，其影响之深远，不啻于一次移山填海的地壳运动。由此，这石头上竟寄托着华夏文明关于天上与人间、伦理与审美的原初建构，玉是我们的元语言和元叙事。在玉和翠之上，中国文化对人类生活一些基本价值的理解至今焕发光芒：什么是德行，什么是善好，什么是美和高贵。

所以，这还是身体，是身体的一部分，是身体的光，它是含义丰沛的符号，赋予身体特定的意义，由此构成自我和社会的认同。

这是巍峨的庙堂，是礼法、权力和财富的高地，但这又是偏远幽暗的江湖。玉是如此光润完善，但它的产出原是依托着千百年来王法难以落地的、草莽丛林的民间社会。时至今日，这个“民间”依然很大程度上处于社会镜像的背面，不被感知，自生自长。

这是“中华”的中心和边缘——只是在阅读《秘境》时，我才忽然意识到，作为中国文化原初的中心意象，玉包蕴着广大的空间感，殷墟中已有和田之玉，而至少从周穆王、汉武帝开始，这世上最美的玉，同时意味着空间的巨大扩展，意味着精神和车马在大地上向着极边大荒延伸。而翡翠，则是从大清帝国天下体系的边缘向着中心、向着京城的一次成功的渗透、逆袭。

这是生产，也是消费。自宋代以来围绕着玉石就形成了一门生计、一个随着历史境遇不断伸缩变化的市场，对应着特定的消费人群。近三四十年来，随着中国经济的高速发展，玉与翠更成为了一种大众消费品：大街上细细看去，且不论真假贵贱，多少女人装点着玉翠。

——这些都是我在阅读时随手所记，诸多向度在《秘境》中纠结蔓延，如同迷宫。鉴于对玉和翠的想象和追求几乎是中华文化圈的独有现象，这本“石头记”，其实也是一个典型而隐秘的“中国故事”。这本书让人意识到，玉的事原来是我们所知甚多又所知甚少的一件事，我们有关于玉的浩繁言说，但是，在王朝史籍、文人吟述之外，白描带我们勘探水面之下的连绵冰山，他行走于山野穷荒、市井陋巷，他的所经所见构成了“偏僻的知识”，是个人的、经验性的，但正是这种个人行动使习焉不察之事重新成为有待考察的野地，推展着知识的边界。

我习惯于用“行动”权衡一部非虚构作品的价值，因为我确信，在媒介的覆盖下，一个人以古老的实践精神重新介入世界，行动并且尝试言说，这本身就是把我们从懒惰和麻木中搭救出来的努力，是非虚构在这个时代的价值所在。新闻在本质上是无作者的，它建构“客观”，非虚构是有作者的，而且是知行合一的作者，是行走在作品中的作者，他与其说是报道事实不如说是打开事实，把被提炼和固化的事实重新恢复到流动的、未封闭的状态，还原为有难度的、待认识的对象，还原为对我们自身困惑和限度的意识。在这个意义上，《秘境》确实是只有白描能写的书。我说的不仅是他的知识和学养，更有他的生活和性情，白描是博雅的、遍览群籍心细如发的白描，是豪放的、大碗喝酒的白描，是提笔写字、挥竿钓鱼的白描，是性如烈火，眼里不揉沙子的白描，是人情通达、交游广阔的白描，这样一个人有着远超一般文人的生命宽度，而且，他保持着一种不仅在文本上，更在行动中认识世界的热情和能力。

在《秘境》中，白描坐言起行、寻幽探秘，进入了一系列晦暗难明的区域。比如，真与假的问题。当我们想到玉和翠的时候，除了它的昂贵价格，马上就会陷入关于真假的焦虑。让我们承认吧，在玉石这个领域中，真实和信任就像上好的和田羊脂玉一样稀缺。对此，必须生气、必须揭露。但是，当跟着白描，探寻造假、售假的隐秘生态，追索问题的来龙去脉时，真与假，在《秘境》的视野中渐渐呈现出复杂层叠的面向，绝非简单的道德判断所能开解。玉的造假，公认是宋以后的现象，在此之前，特别是先秦两汉，匹夫无罪，怀璧其罪，盗墓贼挖到了金缕玉衣，把金丝抽走，玉片放下，因为玉是等级、礼法的标志，它不可交易，盗走不难，但无处销赃。正是在宋代，《清明上河图》的宋代，玉在一个世俗的市民社会被释放出来，它成为了商品，稀缺的、作为奢侈品的商品，它不再只与权力相关，而是与金钱直接相连，由此，欲望和梦想、身份感和拜物教投射在这神奇的石头上，玉有限而人心无边，市场几乎是注定地会做出相应的反应，很不幸，这反应多半是不道德的。但话又说回来，如果假货的价格正好合于需求者的消费能力，那么，戴着C货手镯、挎着假LV逛菜市场的大妈其实也是物超所值地享有了她的梦想。使这件事变得更为复杂的，还有中国艺术的某些根本特质，在绘画、书法以及玉器这样的造型艺术中，无限逼近某个伟大范本的努力具有绝对的正当性，但在混沌的生活中和市场中，这样的临摹和仿制与蓄意的造假和欺诈可能只有细若游丝的界限。当然，我们就是通过无数次的临仿使得世上尚存《兰亭序》，而一块宋代的赝玉落到今天也是货真价实的古玉了。

——你到底要说什么？好吧，我承认我有点不知所云。我真正想起的，确实就是《红楼梦》里的那句“假作真时真亦假”。这本书所揭示的不仅仅是玉器市场的秘境，也是生活与人心的秘境。我们有时是为自己创造了一种真假难辨的生活，人们一方面乐此不疲，一方面如履薄冰。从一个独特的角度，白描以他的敏锐和深思，为我们的复杂经验提供了意味深长的旁证。而同时，他又能从这滚滚红尘中拔脚出来，站到高处，标举出一种渐行渐远的处世理想，《秘境》中写了许多古人今人，人品皆如高古之玉，他们身上或多或少都有着我们已经失落或正在失落的光芒。也许，白描所谓的“秘境”最终也是一种伦理与审美之境，他从时空大荒中寻一块石头、刻这些字，不过是想告诉众人，有这样的人、这样的德与美，莫失莫忘。

2016 年 3 月 11 日夜完稿

3 月 14 日夜改定

诚品书单引言

2010 年，第一次去台湾，那一次是随着一个官方代表团，在台北种种行礼如仪，适度地笑、适度地说话和适度地吃。三天如此忙过，明天要去台南，却有两件大事未了。一件是，和台湾的几个朋友喝顿蓄谋已久的大酒，酒友之间的、骂骂咧咧的酒，如约醉在台北的夜里。另一件，是去诚品书店。

酒没有喝成。再去喝时已是四年后，人还是那些人，酒量和酒胆均不复四年之前。但那天却在诚品泡到半夜。提一捆书，走在台北街上，只觉得该有一场雪才好，这便是沽了酒踏雪回家，闭门读禁书，天下置之度外。

自那时起，便深爱诚品。

五年过去了，诚品开到苏州。一日来电，嘱我开个书单。开书单这件事，有人爱干，乐此不疲，而我于此间并无多少乐趣。但是，这是诚品呀。只好强打精神，正我心，诚吾意，搜索枯肠，张罗出一张单子在此。

按要求，须开五十种，大陆和台港澳，经典之作或新锐佳作。想了想，现代文学若从鲁迅开起，五十种必定打不住。退一步，按大陆的分期，从新时期80年代开起如何？那也不止五十种啊。

也就是说，若心中先存了一个忠义堂，天罡地煞一一点到，等于温习一遍文学史，排座次辛辛苦苦，排出来种种不安不稳。现代以来到如今，天下事，犹未定，何为经典，大可争论。昨天看微信，见西川说很多现代诗人的坏话，说他们其实就是文学青年水平。这事我不敢说，有傻孩子喊出来，不由得躲在人群里暗叫一声好。又比如沈从文，巍巍乎大神，但我读他的小说，看来看去，百般看不出好来，一直想写篇文章谈谈此事，但想想何苦招惹一众文学青年，遂作罢。

总之，经典就算了。所谓书单，对我来说，不过是告诉大家，在下读了什么，正读什么，读了上当的按下不表，读了还好的做个广告，还有那未读而想读的，也一并列出来，立此存照。

这张单子上，小说三十，非虚构作品十五，诗歌五，共计五十。从新到半新，出版时间大抵在近三四年间。有些书，比如这一届茅盾奖的五部获奖作品，已经是书店里的大热闹，此处便不提了。我的想法是，除了热闹处红火处，这个书单还能看到冷清处、偏僻处、曲径通幽处。

单子里有诗。虽然正好五部，但并不是颁鲁迅奖，不过是种种机缘下，读过了，觉得好，诗歌界列位大哥别找我的麻烦。非虚构作品中包括《80后，怎么办》《牙齿是检验真理的第二标准》，前者文体非驴非马，后者是一部文学对话，都是有意思的书。小说中，纳兰妙殊的《黑糖匣》、朱岳的《说部之乱》、陈楸帆的《荒潮》等，我怀着嫉恨阴暗地喜欢着——我的意思是，有的书，我宁愿它没写出来，宁愿它只有一本，而且这一本只落到我手里，或者，我想象我就是纳、朱或陈，让大脑皮层经受种种不可能性的初次撕裂与开垦。

关于单子，话说完了，算了算字数还不够，再说几句闲话。前两天，被搬运到一个有关IP、泛娱乐化时代以及阅读的会上，互联网精英们口若悬河，我眨巴着老眼听啊听，终于若有所悟，何为IP？原来就是厨房里常说的一鸡多吃；再听下去，一鸡多吃还不够，还要有众多粉丝，继续听，有粉丝也不够，还要有粉丝的活跃度，也就是海量的滔滔的口水。总之，在这个即将来临、已经来临的“泛娱乐时代”，所谓读书，就是做一个粉丝，就着自己和众人的口水，追吃一只鸡，吃成全鸡宴。

前景很光明，大家很激动。

我却想起五年前那天夜里，在台北诚品，我坐在地上，在书架的底层一本一本翻过去，那时我坚信，我所要的书就在书架的底层，被忽略的地方，需要弯腰需要坐下来的地方，在众人的视线之外，在幽暗处安静处，在没有粉丝和口水的地方。

现在，我依然如此信着。

2015年9月12日上午

《秋风破》跋

想起了杜甫，血就热了，心就凉了。李白是夏天，王维是春天，冬天的诗人是晶莹坚脆的李义山，而杜甫，他是秋日苍茫大地。

中华美学之正脉在杜甫，杜甫独占一清秋。读杜集，感觉他主要是在秋天写诗的，便是“城春草木深”，其实也是秋意。

秋是将老而未老，是繁华极尽叶落霜白，是向死而生，是心犹壮而病欲疏，是飒然与深悲，是万里作客百年多病，是一切破而强自宽……

杜甫千年之下，有志强君重走杜甫之路——这才知，杜甫果然是行了万里路，他不是书斋里的诗人，他在路上，他的诗写在浩大人群，写于鸿雁振翅、秋水扬波。

所以，人间、天地皆在杜诗。

志强君，蜀人也。少学诗，长为记者，再长复写诗。杜甫《闻官军收河南河北》，“忽传”和“初闻”，正是“新闻”；志强以新闻人而为诗人，知人间消息，欲得天地之心，遂积数年之功，仆仆于道上，杜甫走到哪里志强走到哪里，追杜之迹，披杜之风，兴来尽欢与杜畅饮，披襟袒怀与杜长谈，得杜心为心，得杜骨为骨。如此而成

《秋风破》。

《秋风破》成，而有读者叹曰：此为新诗，异代不同时也，而深得老杜之秋兴秋意。所谓新闻，乃人间之热、之悲欢，所谓秋兴，乃天地寥廓、此生萧索。以热眼看苍茫，以寥廓亲众生，千年之上，志强君曾为戏于草堂溪边一童子乎？或为老杜茅屋顶上一棵草所化乎？

谨跋。

2017 年 7 月 19 日上午

无字记

——张洁画展小记

张洁的画好不好，我不知道。我只见，题为《黄昏》的画里，那匹小兽——谁知道呢，也许兽不小，但世界大——那匹兽侧身而立，似乎是在奔跑中忽然停下来，因为天上夕阳高悬，像一个白炽的、透明的洞口，夕阳下，是黑的灰的白的翻滚的山或云，野马也尘埃也，在地平线上奔腾奔涌。

那兽，停住了。

不要以为这是什么隐喻——我要说那兽就是张洁，我未免过于愚蠢。张洁或许只是百感交集地远远看它。后来，在另一幅画里，我断定我走近了它，那原来是一头豹子，它那么年轻、华美、精悍，傲而且娇，它占据着画面的中心，回眸，但是并不看什么，它完全陷在它自己的深处。

这是谁呢？我亦不知。

张洁老来作画，不作中国画，作油画。当然是这样，很难想象一个提着毛笔画几根竹子涂几笔山水的张洁，画油画的张洁才是张洁，她是不交响的交响乐而绝不是丝竹；而且国画难免要写字，要题跋，张洁垂老，唯求无字，油画至少让她不用跟这个世界再费口舌解释或者争辩。

而且要有光。油画有光。张洁不能忍受没有光。她的画无门无派，无根底无来历，有的只是光——光的上面和下面、前面和背面，光的奔跑和流连，光的柔和和威严，光的浓稠和薄淡，乃至光的不讲理，光的任性、放纵和黑暗。这个作画者，原不是为了照亮什么给人看，于她而言，这光就是此在。

张洁老了。对此她从不讳言，朋友们也不对她讳言。她画破损废弃的车、遗弃在岸上的船，这车这船是张洁吗？我也不知。车轮前无名的花开，破船在暗自努力长进土地，她画的是自己吗？或者她对着亲爱的老车老船怀着一份刻薄的嘲讽——你看看你，你还在做梦和折腾，你并不肯真正停下来。

但那总该是张洁了吧？那三幅人物，是张洁的自画像吗？——2011 年的一幅，2014 年的两幅。

是的，我想象那就是张洁。我能认出她来。那是我们深爱的、敬畏的张洁，那个对狗娘养的一切高扬着下巴的张洁，那个眼中有玫瑰和枪炮的张洁，那个卑微得如一粒尘土随时准备自我遗忘和被遗忘的张洁，那个被深厚的蓝所沁染的站在地上飘在天上的张洁，那个注定奔跑、注定孤独、无所依傍的孩子……

2014 年 9 月 22—23 日

《无字》之后的《无字》

——在“张洁油画作品展”上的致辞

我写了一篇小文，题目叫《张洁画展小记》，也不知是谁径自替我拿到《文艺报》上发表了。文章见报后，当天上午就看到微信上有人转发，渐渐地越来越多。到了中午，我想，与其别人发不如我自己也发一下，便发到朋友圈里。待到午睡醒来，拿起手机，看到朋友圈里已经有上百条点赞和评论。第一条是一位很优秀的女作家留下的，她说：“张洁在中国女作家中是神一般的存在。”我想她的话是发自内心的，因为她没有必要客气。同时，我也觉得，这真的也是我所想说的，张洁不仅在女作家中，在我们这一代人中都是“神一般的存在”。

在这个时代，作家最怕的事情之一就是怕被人忘掉。所以焦虑浮躁，如果有那么一段时间不在媒体上出现，有那么两天不在微博微信上露个脸，很多人就会莫名心慌，于是就要没事找事“刷存在感”。张洁不是这样。她是甘于寂寞、乐于寂寞的。她不愿意抛头露面，更不愿意成为话题让人咀嚼。她的生活基本上由写作和远行构成，年复一年，绝大多数时间，我们都听不到她的消息，她的名字都不会出现在我们眼前。但是，不管时隔多久，只要一提起她，一看到她，一读到她的新作，我们还是会强烈地感到，又见到了我们久违的、亲切的，我们热爱和敬畏的那个张洁。对于我们这些后来的写作者和读者来说，张洁就像家门口天地尽头的一座雪山。平时，我们忙着，柴米油盐、婚丧嫁娶，顾不上抬起头来静静地看她，但是，采菊东篱下，悠然见南山，采菊的时候才发现南山一直在那里，我们有时把脑袋从一地鸡毛里拔出来，抬头一看，看见了她，她存在着，她在我们精神深处留下了深刻的印记。

将近十年前，张洁开始作画。有一次到她家里去，那时她刚刚开始画起来，兴致勃勃，像个孩子。在这世间，张洁一直是挑剔的，又是一往情深、生死以之的，现在她爱上了绘画，这么多年来，她一直默默地、专注地画着。最初学画，好像是医生的建议，但医生不知道，张洁只要画起来，就不再是消遣，她就会把生命放进去。现在，我们大家都看到了，她的画越来越好，但是，我不会仅仅从绘画艺术的角度看待这些画，这是如此重要的一个作家创作和创造的一部分，我把这些画看作是《无字》之后的《无字》。在《无字》之后，张洁用画、用线条和色彩与这个世界对话，我们从中读出了她的精神和风骨。

张洁老了，她自己这么说，朋友们也这么说。但在中国传统里，老了也是小了，是返璞归真，是回到初心、本心和童心。张洁的画证明了她的心未老。我们祝愿张洁怀着这颗童心，怀着对世界的饱满热情和巨大好奇，继续写下去、画下去，继续行走、奔跑。我们期待着她的归来，因为我们都爱这个名叫张洁的孩子。

2014 年 10 月 22 日

子夏的敦煌

——《觉与不觉——子夏观念摄影慈善义展》前言

子夏原是敦煌一画工。大荒之夜里，于一泓幽水中看月，月中有佛、心中有佛，欢喜、端然，便在壁上画法相庄严、世界花开，当其时也，他的眸子深处、他的汗珠泪珠里也有佛。

不知历了几世几劫，子夏是了子夏，生为女子，于凡尘中行走，嫁一个良人名海星，认得几个俗人包括我。忽一日打电话来，要在关山月美术馆开影展，拜托写几句话吧。

细说起来，我认得的其实是子夏的海星，喝过小酒，聊过从前，而且海星这个名字我也喜欢，不是海里的动物，而是李义山的一句诗：星沉海底当窗见——那可不就是海星。这句诗是我深爱的，极峭拔极清深，其情其景本不是文字可及，但义山他，呕一口血，偏就写了出来。因了这句诗，独觉与海星有缘。海星也写诗，海星和子夏一样，也摄影，公不离婆、秤不离砣，各背一架相机，两口子四方云游，竟似终年不干什么营生，只落一身山水气、赚几句无用诗。

总之，子夏和海星，都是有些痴的。所以，子夏来电，就知道必是一件痴事，年过了，热闹散了，上班正是无聊，有痴事还沉吟什么，且应了再说：好啊好啊，赶紧着，把照片儿发来瞅瞅。

然后，看了。

然后，就知道，子夏原是敦煌一画工。或者，若是敦煌画工转世到此，没有山洞让他画，手里只有一架相机，那么，他或她，所摄的就是如此吧。

这个展，是子夏的敦煌。

又想到，子夏正是海星的妻子，“星沉海底当窗见”，义山那句诗原来是应在此处，她的眼有时真是义山的眼，看得到不可能，看得到不可说，看到了，放在这里，竟是如此宽余从容。

子夏的这个展览，主要是两个系列，一是《观自在》，一是《思与惑》，看来看去，满眼都是佛。摄影我是不懂的，只好说佛。

佛我也不懂。

但佛的好，正在于不懂可以乱说。历史上，上帝的真义不懂乱说，是为异端，要杀得血流成河；而佛，随人说去，佛法广大，处处是方便之门，因为随便，于是宗派林立，相安无事。

我想说的是，子夏的前世之佛与今生之佛。

在敦煌，那画工的心里只有佛，或者，他直是无心无我。所谓何处惹尘埃，此心此身皆为梦幻泡影，世界如此盛大，却皆从空无中来向空无中去，千花万树，原是好的，它的好也全在它其实无。

所以，那画工不是什么艺术家，现代艺术家在那画工面前皆落下乘。画工自身便是尘埃，待自身连尘埃也不是了，以如此一个无我去画，下手便是随处皆好，不好也好，画便是自在。

子夏生当末法之世，虽有清净骨、山水气，但红尘之中，终究逃不脱一个大有，大有如山，压着人，迫着心，子夏，这前世的画工，此生便有了“我”，她的《观自在》中，说的是佛，但处处是我说佛，子夏设计、调整、掌控着镜子和镜头，勤拂拭同时惹尘埃，子夏的佛，已是一个庞大的他者，是解不开的“执”、是放不下的“有”。

于是乎，她的《观自在》，让人看到技术和艺术，看到艺术家的权力，佛是自在的，但观自在的人不自在，很忙，忙着审美，忙着说自在。

——子夏的此生似乎不如前世？

是的，她生当机械复制的时代，数字化时代，影像时代，这个时代哪里有佛，有的是好看的仁波切和好喝的鸡汤。

但也不尽然。子夏有惑，子夏的《思与惑》才是真正见佛之作——只见在漩涡里、在黑暗中、在大脑的沟回间、在风暴之眼，佛明灭闪烁。那是佛吗？或者那是我们无边无际的心魔？或者佛本就是心魔？或者心魔终究能证道成佛？在《思与惑》中，我常常忘了我是观看者，忘了我是被设计、被编排、被引导着看，我看到的，不是他，而就是我，就是沉沦在风暴、俗世、欲念中，沉沦在无边的大有、无边的大惑中不可自拔的我。

在这个时代，见到沉沦，才有可能见到佛。

这样的摄影，几乎感觉不到观看者。几乎没有一个稳定的、具有定见和执念的、正在审美的视角或主体，这样的摄影不是观自在，而是“在”。

这样的摄影也许正合于我们这个时代的人和佛，如果这个时代有山有洞有敦煌，那么，子夏所画的就该是《思与惑》吧。

我是佛前一沙鸥，听过十万八千八百八十八偈，然后历了十万八千八百八十八度寒暑，飞了十万八千八百八十八道山河，拣尽寒枝，独立沙洲，海天寥廓，万叶飘零，蓦然间，恍惚记起，世间似乎有佛。

2015 年 3 月 8 日